DELPHINE MINOUI

# L'ALPHABET DU SILENCE

L'ICONOCLASTE

*À la mémoire de Mehmet Fatih Traş (Turquie),*
*de Samuel Paty (France), de Khatera Noorzehi*
*(Afghanistan), de Kawan Ismael (Irak),*
*de Ouattara Ramata Togola (Mali).*

*Aux professeurs du monde entier, sentinelles*
*du Savoir, même au cœur de l'obscurité.*

*Que chacun porte sa nuit*
*Et il n'y aura plus d'aveuglement*

Dominique Sampiero
*La vie est chaude*, Éditions Bruno Doucey, 2013

Ayla se serait attendue à tout ce matin sauf à être réveillée par le hurlement d'une sirène. Elle a d'abord cru que le bruit provenait de la place Taksim. Un nouvel attentat ? Puis elle a pensé au chat. Dans la pénombre, elle étire son bras et cherche l'animal à tâtons. À chaque pleine lune, le même manège : Kamar bondit sur le rebord de la fenêtre et déclenche l'alarme. Mais Kamar est là, enroulé comme un *simit*, un petit pain rond, au pied du lit, dans la même position que la veille.

Le hululement assourdissant la tétanise. Elle plaque les mains sur ses oreilles. D'où vient ce bruit qui perce tout – ses tympans, son cerveau, les murs ? L'interphone peut-être, parfois le bouton coince. Il est pourtant trop tôt pour de la visite. Dehors, par-delà la grande fenêtre éclairée par la lune, pas un *vapur* à l'horizon, pas un cargo, même pas un sous-marin russe en partance pour la Syrie. Le Bosphore comme une page vierge. Ce rare moment de la nuit, quelques heures entre chien et loup, où Istanbul s'assoupit. Elle se tourne vers Göktay. Son mari dort toujours, ses boules Quies enfoncées dans les oreilles. Depuis qu'il a décrété que les mosquées amplifiaient chaque année le volume de l'appel à la prière, il se réfugie dans ses rêves. Un rituel sacré.

– Göktay ! Göktay !

La tête écrasée contre l'oreiller, il ronfle. Ayla répète :

– Göktay !

C'est le chat qui répond, par un miaulement intéressé, bien que ce ne soit pas l'heure de sa gamelle. Sur la table de chevet, les petites lumières rouges du radio-réveil affichent 5 heures. Ayla sent la panique monter. Elle imagine déjà le voisin du dessus dévaler l'escalier : « Ce n'est pas une heure pour réveiller tout l'immeuble ! Il serait temps de dresser votre chat ou de changer d'alarme ! » S'il apprenait à être poli, elle le comprendrait. Elle non plus n'est pas du matin. Encore moins pendant l'hiver. C'est Göktay le lève-tôt. Debout tous les jours à 7 heures. Une ponctualité sans faille.

Ayla s'extirpe du lit en maudissant les boules Quies de son mari. Il lui faut à tout prix éteindre cette satanée sonnerie. Elle jette ses pieds sur le carrelage glacé et traverse le couloir à l'aveuglette. Sur l'écran de l'interphone, elle distingue, effarée, une troupe de policiers armés jusqu'aux dents et équipés comme à la guerre, gilets pare-balles, armes automatiques et visages encagoulés, en train de s'engouffrer dans l'escalier. Elle a à peine le temps de coller son œil au judas qu'une demi-douzaine de Robocops sont déjà sur le palier. Son cœur bondit. Elle repousse les scénarios que son cerveau échafaude. Ces hommes se sont trompés de porte. Ils ne peuvent pas être ici pour elle, ni pour son mari. À présent, des coups de crosse contre la serrure. Elle voudrait ne rien entendre. Rester sourde aux hurlements qui lui ordonnent d'ouvrir. Elle ne bouge pas, ne crie pas. Sa respiration s'est accélérée. Soudain, le verrou cède.

Le plus costaud des policiers aboie, en lui tendant une feuille saturée de mots :

– Mandat d'arrêt !

Elle recule. L'homme s'avance vers elle, le document brandi comme une épée. Dans la semi-obscurité, elle devine à peine la date du jour, vendredi 15 janvier 2016. Le reste, elle n'a pas la force de le lire. Elle se contente de serrer les dents. D'effroi. De froid. Elle tire sur son tee-shirt trop court sous lequel elle voudrait disparaître.

– Göktay Delim ! poursuit le molosse, qui a tout l'air du chef, en pointant du doigt le nom du mari d'Ayla sur la feuille.

Ayla est confuse. Elle s'accroche à l'idée d'un malentendu. Ceci ne peut être vrai. L'intrus s'impatiente et fait signe à sa troupe d'avancer dans le couloir. Elle veut faire rempart. Surtout, ne pas les laisser faire irruption dans la chambre. Les deux paumes ouvertes en bouclier, elle s'interpose. L'homme encagoulé braille encore plus fort. Il pointe son fusil d'assaut vers elle. Ayla se raidit, pétrifiée par cette arme capable de l'abattre d'une seule balle. Elle sent ses jambes flancher quand une main familière la rattrape par la taille. Elle sursaute, se retourne. Son mari s'est réveillé.

– Göktay Delim, quarante-deux ans, professeur d'histoire à l'université du Bosphore, c'est vous ?

Le policier répète :

– Göktay Delim, c'est vous ?

– Oui, c'est moi, répond Göktay, tout ébouriffé.

Les deux boules de cire, écrasées dans sa main gauche, n'ont pas résisté au tapage de l'escadron.

Le chef se tourne vers ses cinq acolytes.

– On l'embarque au commissariat.

Ayla proteste :

– Mais… Mon mari n'a rien fait !

Les mots d'Ayla ne comptent pas, la parole de la femme qu'elle est ne compte pas. Le policier ne s'adresse qu'à Göktay :

– Göktay Delim, vous êtes placé en garde à vue.

Ayla se jette dans ses bras, mais deux officiers l'agrippent déjà. Il se débat, tente de se libérer pour la serrer contre lui.

– C'est certainement une erreur, la rassure-t-il. Ne t'inquiète pas, dans quelques heures, je serai de retour à la maison.

– Donnez-nous au moins un motif, une raison ! lance Ayla.

D'une main ferme, le chef de la troupe la repousse. Plaquée contre le mur, elle sent son cœur tambouriner mais n'en démord pas. Elle veut savoir.

– Une raison, répète-t-elle. Une raison. Donnez-nous une raison !

Elle ne lâche pas du regard le gros nerveux qui maintenant la mitraille des yeux. Cette fois-ci, son arme s'écrase sur sa poitrine, se balade sur son ventre, glisse dans son entre-jambes avant de se braquer vers Göktay.

– Il est accusé de terrorisme !

La phrase percute Ayla. La réveille définitivement. Elle sent malgré elle son torse se bomber. Elle rugit :

– Terrorisme ? Là, tout de suite, qui l'exerce, le terrorisme ? Hein ? Qui ?

Elle ne s'attendait pas au coup de crosse à l'aine. Le molosse hurle encore plus fort :

– Maintenant, taisez-vous, sinon je vous embarque aussi !

Ses menaces claquent comme un tir nourri. Il pousse Göktay vers la sortie après lui avoir passé les menottes. Celui-ci se laisse faire. Résister est vain, il ne fait pas le poids face aux forces spéciales de l'État. Après un dernier regard, il disparaît dans la cage d'escalier, encerclé par les six hommes.

Mais avant de quitter l'appartement, le plus jeune des agents s'est retourné. D'un air embarrassé, il a planté ses yeux dans ceux d'Ayla.

– C'est… à cause de la pétition, lui lance-t-il.

Ayla saisit la balle au bond :

– La pétition ? Quelle pétition ?

Comme il ne répond pas, pressé de rattraper le groupe, elle insiste :

– De quelle pétition s'agit-il ?

Des pétitions, son mari a tellement l'habitude d'en signer. Des dizaines chaque année. Elle y a pensé en voyant la police débarquer.

– La pétition pour la paix ! marmonne le jeune homme avant de s'éclipser.

Et maintenant, que faire ? Ayla ravale ses sanglots. Vociférer par la fenêtre des phrases décousues ? Réveiller tout le quartier en criant « au voleur » ? Appeler au secours confrères et amis ? Elle se sent impuissante, incapable de la moindre décision. Devant la porte d'entrée défoncée, elle s'étonne d'avoir pourtant envie d'un expresso. Elle suit son instinct et file dans la cuisine. La dose de caféine lui donne un coup de fouet. Elle découvre à présent les ravages. Corridor dévasté. Tiroirs arrachés. Bibelots déplacés. Dans le couloir, elle trébuche sur le câble de l'ordinateur de Göktay, lui aussi volatilisé. Elle allume l'interrupteur pour mieux voir. Au milieu du salon, la table basse est renversée : mégots, bougeoirs, coques de pistaches jonchent le sol. La bibliothèque est sens dessus dessous. Des livres ont disparu. Des pages arrachées gisent sur une des étagères. Elle attrape un album photo noyé dans cette pagaille. C'est celui de leur fête de mariage, en juillet 2009. Elle l'ouvre et tombe sur Göktay et ses yeux gris cendre, une rose rouge à la boutonnière. Entouré de ses témoins, professeurs d'université comme eux deux, il rit aux éclats. Elle se cramponne à son sourire. Embrasse le cellophane et la poussière.

Ils s'étaient rencontrés six mois plus tôt, sur les hauteurs de Bebek, quartier résidentiel et cossu d'Istanbul, lors de l'hommage annuel à Tevfik Fikret. On y célébrait l'écrivain contestataire, voix majeure de la poésie turque, mort en 1915. Cette poésie à l'image d'Istanbul, « veuve encore pucelle après mille épousailles », courtisée de toutes parts, tiraillée entre deux rives, l'européenne et l'asiatique. Elle, enseignante de français à l'université francophone Galatasaray. Lui, spécialiste de l'Empire ottoman. Dans ce jardin fleuri surplombant le Bosphore, une centaine de personnes, intellectuels, dissidents, universitaires, étaient venues ce matin-là se recueillir sur le tombeau de l'illustre écrivain, au pied de la magnifique villa de bois blanc où il avait choisi de purger son « exil » volontaire dans son propre pays.

Eux aussi, bientôt, risquent d'être condamnés à vivre un long exil intérieur.

– Maman !

Ayla sursaute. Deniz est là, plantée à l'entrée du salon, son doudou koala dans les bras. La culpabilité l'étreint : dans la panique, elle a oublié sa fillette. Depuis combien de temps l'observe-t-elle ainsi ?

– Tu es réveillée, ma chérie ?

La petite se glisse vers elle et lui tombe dans les bras. Dans son regard, l'angoisse prématurée de la vie. Elle s'en veut de ne pas avoir été capable de la préserver de la tempête qui souffle depuis plusieurs années sur son pays. Elle aurait dû la préparer. La protéger. Au contact des petites mains qui s'agrippent à son cou, elle sait qu'elle n'a pas le droit de sombrer. Elle a à peine le temps de l'embrasser sur la joue que Deniz se dégage de son étreinte.

– Papa, il est où ?

Ayla reste muette. Comment expliquer à une enfant de six ans que son père vient d'être arrêté pour une simple signature ?

Depuis qu'Ayla le connaît, Göktay est abonné aux manifestes en tout genre, même si elle l'a souvent supplié de ne pas coller son nom partout. Pour la protection de l'environnement, pour la reconnaissance du génocide arménien, contre la spéculation immobilière, les féminicides, la chasse aux LGBT. Elle ne compte plus le nombre de missives collectives qu'il a corédigées, signées, distribuées de main en main, de quartier en quartier ou sur le fil de l'Internet. Pour lui, il n'y a pas de grandes ou de petites causes. Elles sont toutes bonnes à défendre, tant qu'elles dénoncent le retour en arrière d'un pays qui prétendait aller de l'avant.

Avant de tomber enceinte, cet aspect frondeur de Göktay fascinait Ayla. Il était même à l'origine du lien qui les soudait. Elle, l'ex-militante féministe aux cheveux teints en violet, tout de suite aimantée par ce beau parleur en jean délavé qui récitait du Tevfik Fikret comme on scande un slogan anti-Erdogan. Il y a plus romantique que la commémoration d'un « poète en colère » pour se rencontrer, mais la colère a du charme. Quand Göktay s'était levé, ce jour de début 2009, pour porter un toast à cette vieille plume de la contestation, un athée assumé qui dénonçait l'absolutisme du sultan Abdülhamid, le cœur d'Ayla s'était réveillé. Elle l'avait écouté déclamer son admiration pour ce poète à l'affront altier. Une anecdote en particulier l'avait séduite : lorsqu'il officiait au ministère de l'Éducation nationale, Tevfik Fikret refusa d'empocher son salaire mensuel afin de signifier son ras-le-bol du pouvoir. Ayla s'était reconnue dans cette fronde qui lui rappelait ses années estudiantines. À cet instant-là, au pied de la maison où reposait Tevkif Fikret, dans cet écrin de verdure hors du temps, elle n'avait su lequel des deux elle admirait davantage, le poète ou le jeune enseignant. Elle n'avait plus lâché Göktay des yeux. Lui avait perçu son émoi. L'air à la fois fragile et déterminé de cette jeune femme l'avait bouleversé. Leurs yeux s'étaient croisés et, au moment où elle s'apprêtait à partir, il s'était frayé un chemin vers elle dans la foule. Elle savait faire ça. Se laisser troubler. Mais elle peinait à se jeter dans ce qui fragilise. Göktay s'était jeté pour deux. Il l'avait rattrapée pour l'inviter à prendre un verre à la terrasse d'un café de la Corniche, en contrebas. Les grands yeux étincelants d'émotion d'Ayla avaient dit oui, comme ils diraient oui six mois plus tard lorsqu'il la demanderait en mariage.

Début janvier, lorsque le manifeste des « Universitaires pour la paix » avait atterri dans les courriels de Göktay, elle avait aussitôt essayé de le dissuader de s'en mêler. Il suffisait désormais d'un mot de trop sur Twitter ou dans une rame de métro pour être accusé d'insulte au président.

Göktay avait levé la tête de son écran d'ordinateur et tenté de la rassurer :

– Ne t'en fais pas, ce ne sont que quelques gouttes d'encre sur un bout de papier.

Puis il lui avait promis que c'était sa dernière pétition.

Ayla n'en croyait pas un mot. L'injustice l'avait toujours révolté et il était incapable de se taire. Ce texte n'avait rien de provocateur, affirmait-il, il réclamait simplement la fin des opérations militaires dans le sud-est du pays et le rétablissement du fragile cessez-le-feu initié en 2013 avec le PKK, le Parti des travailleurs du Kurdistan, classé terroriste par Ankara. Depuis six mois, cette région meurtrie à majorité kurde était de nouveau hors d'accès. Les forces de l'ordre ratissaient les villages, assiégeaient des quartiers entiers pour mieux bombarder les membres de la guérilla, prêtes à tout pour en découdre avec les rêves d'indépendance kurdes, que l'autonomisation du Kurdistan syrien ravivait. Göktay craignait le pire pour les civils. Il se devait de dénoncer la reprise d'un conflit dévastateur qui avait déjà fait plus de 45 000 victimes en trente ans.

Quelques jours après la signature de la pétition, Göktay s'était porté candidat pour lire l'intégralité du texte lors d'une conférence de presse organisée dans un hôtel stambouliote. Le lendemain, l'actualité s'était emballée dans une autre direction. Alors que Göktay rentrait à la maison après avoir déposé Deniz à l'école, les murs avaient tremblé. Il s'était précipité au balcon et Ayla sur le poste de radio. Entre deux hoquets paniqués, une présentatrice répétait en boucle qu'une bombe avait explosé aux abords de la mosquée Bleue. Un groupe de touristes ciblé à deux pas du Grand Bazar, en plein cœur du quartier historique. Douze morts, des dizaines de blessés, et aucune revendication, même si le mode opératoire ressemblait à ceux de l'organisation de l'État islamique. Avec Göktay, ils s'étaient regardés sans rien dire. Depuis que la révolution syrienne de 2011 avait basculé dans la guerre, le conflit menaçait chaque jour de déborder un peu plus sur le territoire turc. Au début, les autorités d'Ankara avaient fermé les yeux sur le passage des djihadistes à la frontière, longue de neuf cents kilomètres. Cela les arrangeait presque de les voir attaquer à leur place les villes kurdes de Syrie. Désormais, le pouvoir turc faisait les frais de son ambivalence.

À la radio, la présentatrice s'était tue. Recep Tayyip Erdogan allait prendre la parole. Chaque fois que le reis ouvrait la bouche, tous les programmes étaient suspendus. Ayla avait augmenté le son. D'une voix d'outre-tombe, le président avait fait état d'un attentat-suicide perpétré par un kamikaze. Un acte d'une « violence inouïe », avait-il poursuivi, qu'il fallait punir à tout prix. Puis, sans transition, il s'était attaqué aux professeurs signataires de l'appel à la paix : des « pseudo-intellectuels », des « traîtres à la nation », des « forces de l'obscurité ». Bref, des

« terroristes » qu'il plaçait au même rang que les combattants de Daech.

À cet amalgame qui présageait le pire, Ayla avait bondi.

– Ne t'inquiète pas ! avait lancé Göktay.

Fidèle à sa témérité, il lui avait assuré croire dur comme fer en la mobilisation collective. Avec 1 128 signatures récoltées, la pétition avait déjà atteint un succès inespéré. Des intellectuels américains comme Noam Chomsky et Judith Butler y avaient ajouté leur nom. Le *New York Times* et le *Washington Post* en avaient même publié des extraits. Du jamais-vu.

– Avec un tel soutien, nous sommes intouchables, avait jubilé Göktay.

À court d'arguments, Ayla avait fini par abdiquer. Elle avait fui le vacarme des médias pour se replonger dans les copies de ses élèves.

Deniz trépigne d'impatience.

– Maman ! Maman ! On est en retard !

La fillette a enfilé une robe de princesse sur son pyjama et lui tend sa montre Hello Kitty, où le petit chat annonce 8 h 30. L'école a déjà commencé ! Ayla s'affole. À la maison, c'est Göktay qui a toujours géré la vie quotidienne. Son domaine à elle, ce sont les pique-niques improvisés du week-end, la décoration du salon, qu'elle repeint d'une couleur fantaisie chaque année, les grenadiers et les arbres à kumquats du balcon qu'elle oublie pourtant une fois sur deux d'arroser. L'organisation n'a jamais été son fort. Ni la ponctualité. Le jour de leur mariage, elle n'avait pas été fichue d'arriver à l'heure et il l'avait taquinée en lui disant qu'en cas de divorce il exigerait la garde à temps plein des plantes vertes ! Dès la naissance de Deniz, il était apparu comme une évidence que, plus tard, la tâche d'emmener la petite à l'école incomberait à Göktay.

Ayla se précipite dans sa chambre, enfile un pull à col roulé, puis pianote à la va-vite sur son smartphone pour commander, via l'application BiTaksi, une voiture, qui met un temps fou à arriver. Elle finit par l'annuler. Dehors, il tombe des cordes. Il ne manquait plus que ça, que le ciel aussi se mette à pleurer. Trop tard pour remonter prendre un parapluie. De toute façon, il ne résisterait pas aux bourrasques du *lodos*. Ayla prend Deniz dans ses bras. Dans les ruelles inondées, elle ira plus vite en la portant. Au terminus de Kabataş, le tramway est sur le départ. Elle s'y engouffre et assoit sa fillette sur les genoux d'une inconnue. La femme s'en émeut à peine, il en est ainsi en Turquie, les enfants sont rois. À la station Tophane, elle suit le flot des passagers qui se déversent sur l'avenue transformée en rivière. Il faut maintenant remonter Bogazkesen, la rue des « Coupeurs de gorge », un surnom hérité du temps où ce quartier bobo était malfamé, puis la colline de la rue Tom Tom, qui mène tout droit à l'école. La porte en fer est déjà close. Ayla dépose à terre Deniz, toute mouillée, et tambourine contre la guérite. Une moustache s'incruste dans le sas grillagé. Le gardien lui réclame le badge obligatoire, qu'elle a évidemment oublié. À ses yeux gonflés, il comprend que quelque chose ne tourne pas rond et accepte de lui ouvrir, pour cette fois. Elle peut déposer Deniz dans sa classe, à condition de passer par le secrétariat. À l'étage réservé à l'administration, la secrétaire veut tout noter: le nom, le prénom, le motif de leur retard. Ayla courbe l'échine, ne sachant que cocher dans les cases du formulaire: panne de réveil, embouteillage, maladie. L'absurdité du régime politique ne figure pas parmi les options proposées.

Deniz se hisse sur la pointe des pieds.

– Ce matin, des gens ont volé mon papa.

– Pardon? demande la secrétaire en fronçant les sourcils.

Ayla réplique aussitôt:

– On a juste reçu une visite surprise au réveil.

La fonctionnaire laisse échapper un soupir exaspéré.

– C'est bon, filez en classe, dit-elle, en lui tendant la fiche de retard à remettre à Asli, la maîtresse. Mais que cela ne se reproduise pas!

Sur le chemin du retour, la pluie s'est arrêtée mais le trottoir est une patinoire. Un ruban d'asphalte aussi glissant que sa vie soudainement chamboulée. Dans le quartier des antiquaires de Çukurcuma, l'angoisse gagne Ayla. Avec Göktay, ils avaient si souvent fait des virées dans ces boutiques fourre-tout pleines de charme, pour meubler leur nid d'amour. Désormais, tout lui paraît laid. Même le sourire édenté de son brocanteur préféré. Ce matin, elle ne l'entend pas l'interpeller lorsqu'il lui tend ses bras chargés de tapis colorés, de ceux qu'elle a l'habitude de chiner.

La sonnerie de son smartphone l'arrache à ses pensées. « Sous le soleil exactement... » braille Serge Gainsbourg, son chanteur préféré, enregistré en *ringtone*. Le volume est trop fort. Les passants la dévisagent. Ou bien s'imagine-t-elle trop visible, elle qui voudrait disparaître aux yeux de tous ? L'appel est masqué. Son cœur se fige. Göktay ? Au bout du fil, la voix d'une femme, timbre grave, débit saccadé.

– Je suis avocate, on m'a prévenue pour ce matin, j'ai tout de suite saisi le dossier de votre époux. Passez dans mon cabinet. Ce sera plus simple, je vous expliquerai.

Ayla griffonne l'adresse au creux de sa paume gauche. Elle veut s'enquérir de son nom, mais l'inconnue a déjà raccroché. Peut-être l'a-t-elle fait exprès ? La Turquie est un grand téléphone sur écoute. Ayla entre l'adresse dans Google Maps. C'est à deux pas, un numéro coincé entre un poissonnier et une taverne. Elle s'engouffre dans le labyrinthe des rues, longe les devantures de pubs, contourne les sacs-poubelle engrossés de canettes de bière, vestiges rebelles des fêtards d'Istanbul. En traversant Istiklal, l'avenue commerçante aux soirées arrosées, un mélange d'odeur de moules et de Javel lui assaille les narines. Elle bifurque à droite, puis à gauche. L'entrée du bâtiment de style Art déco est couverte de cadavres de parapluies démembrés par le *lodos*. Elle les enjambe pour gravir les cinq étages sans ascenseur. En arrivant sur le palier, elle pousse une porte nichée sous les toits. Dans la salle d'attente, deux femmes sont déjà là, collées au velours d'une banquette vintage. Ayla leur adresse un salut de la tête. Elle ne sait pas si elle doit, si elle peut leur parler. Qu'ont-elles en commun pour se retrouver ici ce matin ? L'une des femmes rompt le silence. Son mari a rédigé le Manifeste pour la paix et l'époux de la seconde l'a fait circuler. À quatre mains, elles ont déjà imprimé des tracts pour réclamer la libération de leurs conjoints, à distribuer dans les facultés. Ayla se sent à des années-lumière de ce monde militant auquel elle a tourné le dos depuis bien longtemps. Elle accepte un tract, presque par politesse.

Deux grands yeux noirs brillant de khôl apparaissent dans l'embrasure d'une pièce enfumée. Cigarette à la bouche, l'avocate se présente. Dilek Yilmaz, spécialisée dans la défense des Kurdes, des femmes et des prisonniers politiques. Rescapée de deux tentatives d'assassinat, actuellement sous le coup d'une centaine de procès ouverts à son encontre et condamnée. De ses ongles aussi rouges que ses lèvres, elle invite les trois femmes à prendre place dans son bureau. Sur les étagères, des médailles célébrant son combat pour les droits humains, ainsi que des classeurs en pagaille. Sur leur dos, des noms familiers : Selahattin Demirtas, le chef du parti de gauche pro-kurde, HDP, et bête noire du président, le journaliste engagé Can Dündar, la romancière Asli Erdogan, porte-voix des opprimés de tout poil. Ainsi que ceux d'autres figures de l'opposition, poursuivies, exilées ou emprisonnées, dont Ayla croise quotidiennement le portrait sur la porte de la salle de bains : Göktay y épingle leur photo, dans l'ordre chronologique de leurs démêlés avec le pouvoir.

Dilek Yilmaz saisit le dernier classeur marqué de la date du jour, 16 janvier 2016. L'étiquette n'a pas encore de nom, mais trois mots manuscrits y sont inscrits : « Criminels de paix ».

– Les nouvelles ne sont pas bonnes, dit-elle en l'ouvrant.

À l'intérieur, tout y est, protégé par des pochettes de plastique perforées : traductions de la pétition dans une dizaine de langues, y compris le kurde, transcription du fameux discours au vitriol d'Erdogan, annonce par le YÖK, le Conseil supérieur des universités, de « mesures disciplinaires » contre les « universitaires pro-terroristes ». Sur une coupure de presse, photocopiée et surlignée de jaune fluo, un mafieux notoire, Sedat Peker, promet de « prendre une douche avec leur sang ». Les propos du président ont déclenché un déluge de haine sans précédent contre le corps enseignant.

Lorsque les doigts de l'avocate atteignent l'intercalaire portant les initiales de Göktay, Ayla tombe des nues en découvrant l'inventaire détaillé des intimidations dont il faisait l'objet depuis plusieurs jours : la carrosserie de sa vieille Citroën rayée en pleine nuit, les menaces de mort déversées sur son portable, enfin un courriel anonyme : « On ne te laissera plus vivre. » L'avocate était la seule personne au courant de ces intimidations. Pour ne pas inquiéter Ayla, son mari s'était abstenu de lui en parler.

Dilek Yilmaz attrape son téléphone portable et se décide à faire défiler quelques photos, dont celle de Göktay, mains liées, yeux bandés, accroupi dans la pénombre d'une pièce insalubre.

– C'est le commissariat de Şişli, où il est détenu avec ses deux autres confrères, explique l'avocate. Ils ont été placés en garde à vue dans un sous-sol, en compagnie de voleurs, d'escrocs, de violeurs… et de quelques cafards. Les consignes sont strictes. Pas le droit de parler aux familles. Ni aux avocats. On a juste pu récupérer ces quelques clichés grâce à un jeune flic qu'on a soudoyé.

Ayla, la gorge nouée, réussit à demander :

– Et après ?

– Après ? Au mieux, on les relâche dans l'attente d'une procédure judiciaire. Au pire, ils sont directement jetés en prison. Rien n'est gagné : il va falloir s'armer de patience.

Les deux autres épouses, elles, enchaînent déjà les coups de fil aux associations, aux députés de l'opposition, aux médias turcs. Un journaliste sur deux leur raccroche au nez par crainte de représailles, mais rien ne les démonte. Ayla les écoute parler de sit-in, de nouvelle pétition, de manifestation. Ce monde n'est décidément plus le sien. Trop engagé. Trop risqué. Prétextant un rendez-vous, elle s'éclipse. Une fois dans la rue, elle jette le tract dans le caniveau, sans prendre la peine de le lire.

De retour chez elle après s'être laissée dériver dans les méandres de la ville, Ayla réalise qu'elle n'a toujours pas appelé le serrurier. La porte défoncée est maintenue par une simple barrette au travers du verrou. Une montagne de corvées l'attend. Elle doit remettre un semblant d'ordre dans l'appartement, savonner le parquet, chasser les traces des intrus. Tout est effort.

Quand, soudain, Deniz entre en trombe dans l'appartement.

– Je suis rentrée avec Defne ! lance la petite.

Ayla a oublié d'aller la chercher à l'école. Sa fille l'a attendue sur le trottoir de longues minutes avant que la mère d'une copine de l'immeuble ne propose de la ramener. Ayla veut appeler la voisine pour la remercier. Mais elle reste là, plantée au milieu du salon dévasté, incapable de faire quoi que ce soit. Le

« grand bazar d'Istanbul », aurait dit Göktay s'il avait été là. Ayla, elle, est bien là, mais elle n'a jamais semblé aussi absente. Alors Deniz file dans sa chambre. Ce soir, la fillette ne jouera pas, ne dînera pas non plus, et plus tard dans la soirée sa mère la trouvera endormie au pied de son petit lit, toute habillée.

Dans le salon, un ordinateur a échappé aux policiers, aussi Ayla se décide à lancer la recherche qui l'inquiète tant. Il suffit de taper « pétition pour la paix » pour qu'une avalanche d'articles déferle aussitôt sous ses yeux. Et qu'elle prenne la mesure de l'affaire. Au-delà de l'arrestation de Göktay et de ses deux confrères, une déferlante de licenciements, convocations, enquêtes administratives et judiciaires s'abat sur la Turquie. Son université, Galatasaray, est par chance l'une des rares à être épargnée, sans doute grâce au traité de coopération qui la lie à la France. Dans les provinces reculées, les professeurs signataires sont particulièrement ciblés. À l'université Munzur de Tunceli, dans le Sud-Est, les noms de vingt et un professeurs se sont retrouvés sur les murs, barrés d'une croix rouge sang. À Izmir, au bord de la mer Égée, une enseignante a été rouée de coups en pleine rue, après qu'un confrère a posté sur Twitter une vidéo d'un cours où elle défend le Manifeste. Par crainte de représailles, chacun se terre chez soi. Les réseaux sociaux, jusqu'à présent le refuge des censurés, sont désormais colonisés par les trolls de l'AKP, le Parti de la justice et du développement, la faction politique du président. Quand ils n'insultent pas les enseignants, ils encouragent la délation, publiant à leur insu leur adresse, parfois leur photo d'identité. Sur Facebook, Ayla tombe sur un article au vitriol contre un ami signataire, flanqué du portrait du philosophe Michel Foucault, récupéré par les agents de la cyberpolice sur son profil en croyant bêtement que c'était le sien. Pour l'arrêter, ils peuvent courir !

À force de ratisser la toile, Ayla constate avec effroi que certains élèves sont devenus des indics dénonçant les « cervelles comploteuses » du monde universitaire. Cette profession si noble, dédiée aux nouvelles générations, est désormais la cible d'un déchaînement sans nom.

Elle se souvient de ce que lui disait Göktay : « Le médecin soigne le corps et le professeur la tête. » Les mots avaient le pouvoir d'éclairer le monde, croyaient-ils tous les deux. Lors de leur premier dîner en tête à tête, dans un resto branché du quartier Karaköy, il s'était amusé à détailler l'étymologie de son propre nom: «*gök*», le ciel, et «*tay*», le poulain. «Cheval volant!» avait renchéri Ayla, en se disant que cela collait parfaitement à son côté cavalier. Quant à la première syllabe du sien, «*ay*», elle signifiait «lune». L'alliance de leurs deux prénoms formait deux parenthèses, deux croissants d'une même lune: Ay-la et Gökt-ay.

Göktay s'était rembruni: «C'était un caprice de mon père de m'appeler ainsi. Göktay était le nom d'un fils de Gengis Khan. Mon père était général dans l'armée. Il est mort quand j'étais encore très jeune, je l'ai à peine connu.» Ce soir-là, Ayla s'était promis de l'interroger un jour sur son histoire familiale. Mais à ce moment précis, elle n'aspirait encore qu'à se laisser aller aux côtés de cet intrigant professeur qui la tirait déjà par le bras. Ils avaient quitté le restaurant et, au pied d'une vieille fontaine où un accordéoniste improvisait des gammes en échange de quelques pièces, Göktay l'avait invitée à danser. À la fin du dernier couplet, aux accents gitans, il avait relevé la tête vers les lettres en osmanli gravées sur le granit de la fontaine. Le jeune homme s'était alors lancé dans une traduction sommaire de cette calligraphie en vieil ottoman et Ayla en était restée bouche bée. En Turquie, seuls quelques experts savent déchiffrer cet alphabet, aboli en 1927 par Mustafa Kemal Atatürk quand il imposa l'utilisation exclusive des lettres latines. C'était après l'instauration de la république, en 1923, et l'interdiction du voile comme du fez. Un changement radical, obsédé qu'il était de s'aligner sur l'Europe, moderne et fantasmée, au nom d'une occidentalisation à marche forcée du pays, après la chute de l'Empire ottoman. « Tu sais lire la langue des pierres ! » s'était-elle extasiée. Göktay avait rougi, ému par ce qu'il avait pris comme un compliment. En lui expliquant ce qu'il y trouvait à la fois de redoutable et de fascinant : « Ces écrits datent d'une époque pas si lointaine. Ils sont pourtant illisibles pour les Turcs de notre génération. C'est pour ça que j'ai choisi d'étudier l'osmanli. Pour me réapproprier mon passé. Si je ne m'intéresse pas aux racines de ma langue, comment pourrais-je prétendre connaître mon pays ? »

Ayla avait opiné, admirant sa détermination à étudier une langue morte, elle qui, à l'inverse, avait consacré toute sa vie à une langue bien vivante, le français. Elle était imbattable sur les quelque quatre mille termes d'origine française ayant déteint sur le turc d'aujourd'hui et s'était amusée à lui dresser l'inventaire de ses préférés : *serküteri* (charcuterie), *gardirob* (garde-robe), *makyaj* (maquillage), *turnike* (tourniquet), *bisiklet* (bicyclette). « Et, bien sûr, mon préféré : *oto kuaför*, "le coiffeur pour voitures" ou lave-auto ! » Ils avaient ri aux éclats. À eux deux, ils détenaient la mémoire et la modernité de leur langue. Ne leur restait plus qu'à apprendre l'arabe et le persan, dont le dictionnaire turc conserve aussi l'empreinte. Un pari fou, lancé sous la lune.

Maintenant que Göktay a disparu, l'appartement semble aussi glacial que les sarcophages photographiés en Égypte lors de leur lune de miel. Même Kamar a des allures de sphinx, figé dans le couloir comme une statue de bronze. Elle passe une tête dans la chambre de Deniz. Blottie sur le tapis, elle s'est endormie en cajolant ses poupées. Sur un grand papier blanc scotché au mur, elle a écrit « PAPA » encerclé d'un cœur rose.

Ayla s'en veut de laisser sa fille se débrouiller avec sa douleur. Demain, elle lui parlera. Elle se rattrapera. En attendant, elle la porte jusqu'à son lit, lui remonte la couette jusqu'au cou et se penche pour l'embrasser. En observant Deniz, elle pense à tous les enfants du monde, à leur façon d'embellir la vie, de la réinventer à leur guise. Elle imagine même le président Erdogan à cet âge, gamin des faubourgs d'Istanbul, fils d'un pêcheur de la mer Noire, qui vendait des *simit* dans la rue et jouait au foot avec des balles de chiffon. Ça le rend presque attendrissant. Non, surtout ne pas se laisser attendrir par l'enfance modeste d'Erdogan. Elle maudit sa façon de semer la haine, de laisser la Turquie glisser lentement vers la dictature. Ayla voudrait échapper à cette descente aux enfers. Aux tensions politiques, qui n'ont jamais cessé de s'immiscer dans leur salon, à travers Göktay, ses pétitions, et maintenant son arrestation. Il va falloir être forte, la lutte est devant, lui aurait dit son mari, même si les causes qu'il défendait étaient perdues d'avance.

Demain matin, lorsque Deniz viendra la rejoindre dans son lit et posera sur elle ses petits yeux éplorés, que pourra-t-elle lui dire ? Que son père est parti en voyage ? Qu'il va bientôt rentrer ? Que, là-bas, il n'a pas accès à Internet ? Lors de ses rares déplacements, pour participer à une conférence ou plonger dans les archives d'une bibliothèque, Göktay avait coutume d'appeler tous les soirs via WhatsApp. Même horaire. Mêmes grimaces derrière l'écran. Mêmes fous rires. Ce soir et tous les soirs qui suivront, le téléphone ne vibrera pas. Personne ne viendra sonner à l'interphone pour livrer des câlins. L'édredon de Deniz semble si froid, dans cette chambre d'enfant suspendue à l'attente.

Ayla finit par se relever pour tirer les rideaux. Dehors, la lumière orangée du soir, habituellement si réconfortante à l'heure du soleil couchant sur le Bosphore, ne lui inspire plus rien. Elle n'éclaire qu'une absence.

Ayla a toujours détesté les appels masqués. En quelques jours, ils sont pourtant devenus le lien fragile qui la relie à Göktay. Dès que son téléphone sonne, elle décroche. Au bout du fil, la voix rassurante de l'avocate lui enjoint d'être patiente, de ne pas désespérer. Un ange gardien dans le ciel incertain d'Istanbul. Ce matin, la voix est enthousiaste : les « criminels de paix » ont enfin été interrogés. La garde à vue touche à sa fin. Dans quelques heures, ils seront relâchés dans l'attente de leur convocation au tribunal. Ayla hèle un taxi pour déposer la petite à l'école, avant de poursuivre vers le commissariat. Sur la banquette, Deniz ressent sa joie. Sa mère le lui a assuré : « Les papas finissent toujours par revenir. »

Devant le poste de police de Şişli, un bâtiment à la peinture écaillée cerné de murs d'enceinte, Ayla aperçoit l'avocate et les épouses des codétenus de son mari piétinant dans le froid. Nevra, sa meilleure amie, professeure de sociologie à l'université Kocaeli, les rejoint au pas de course. Ayla la reconnaît à sa doudoune rouge. Elle a annulé tous ses rendez-vous dès qu'Ayla l'a appelée du taxi. Elle aussi a signé le fameux papier, même si elle n'est pas encore limogée. Un garde les invite à gagner la cour centrale, puis à passer un portillon de sécurité. Au bout d'une heure semblable à une éternité, une grille métallique s'ouvre. Dans le contre-jour de cette fin de matinée, trois silhouettes apparaissent en file indienne. La première, un peu tassée. La deuxième, légèrement titubante, comme éblouie par la lumière naturelle. Enfin Göktay et son port de tête majestueux. Ayla ne peut résister et crie : « Göktay ! » Aussitôt, la silhouette se tourne dans sa direction. La jeune femme croit déceler un sourire. D'un signe de tête, le garde indique aux deux premiers prévenus qu'ils sont libérés et qu'ils peuvent rejoindre leurs épouses. Des cris de joie éclatent tandis qu'ils se prennent dans les bras. Ayla se précipite dans leur sillage, mais l'homme lui ordonne de s'arrêter. Elle ne saisit pas ses paroles, alors le garde lui barre la route, pendant que Göktay est tiré vers une fourgonnette garée au fond de la cour. « Göktay ! » hurle Ayla, cette fois d'une voix meurtrie.

Nevra et l'avocate accourent. Elles ont compris. Göktay est transféré en prison.

– On est là, on est là avec toi, dit Nevra en prenant Ayla dans ses bras.

Mais Ayla n'entend plus rien. Elle sent monter en elle le bourdonnement d'une possible folie. Ses dents claquent, de froid, d'incompréhension. Sous son manteau de laine, son corps tout entier est pris de convulsions. Ne lui restent que ses deux yeux, comme agrippés à son mari. À ses pas. Ses gestes. Puis c'est le flou qui vient, la tête qui tourne et les jambes qui vacillent. Jusqu'à l'effondrement. Ayla gémit à terre, étourdie par sa chute. Une main lui tend un sucre, une autre un mouchoir en papier. Ayla inspire profondément. En se redressant, elle cherche encore son mari du regard. Sur les marches de la camionnette, Göktay se retourne et de sa poche sort soudainement un foulard blanc, couleur de la paix, et le brandit dans sa direction. Impuissante, Ayla tente d'articuler quelque chose. Rien ne passe. Elle voudrait ne pas céder aux sanglots mais elle n'a pas la résistance de son époux, elle ne l'a jamais eue. Le véhicule démarre dans un grognement sourd. Elle s'obstine, traque un dernier geste à travers la fenêtre grillagée. Au loin, Göktay n'est plus qu'un petit point dans une cage. Un fragment indistinct qui finit par disparaître tout à fait.

C'est trop pour Ayla. Le froid et la bruine transpercent son manteau. L'agressent comme un cauchemar. Épaulée par Nevra, elle se relève et ne peut réprimer les cris dans sa bouche : « Göktay ! Göktay ! »

Elle est un trop-plein qui éclate, le début d'un orage.

Désormais les jours s'étirent, semblables aux nuits, hantés par le même désespoir, auquel viennent s'ajouter les insomnies de Deniz. Sitôt le soleil éclipsé derrière les collines de la rive asiatique, de l'autre côté du détroit, la fillette entre dans des crises d'angoisse. Elle ne dort plus. Elle réclame son père. Ayla continue de lui promettre qu'il reviendra, comme si une promesse pouvait forcer la réalité. À l'école, Deniz est distraite, sinon absente. Parfois elle se cache dans les toilettes pour pleurer. La maîtresse, qui a tout deviné, a fini par convoquer Ayla. « Vous lui devez au moins ça. La vérité. Elle n'en mourra pas. Vous serez étonnée du potentiel de votre enfant. »

Mais Ayla ne veut rien entendre. Incapable de prononcer le mot « prison », pourtant devenu viral en Turquie, elle préfère cultiver l'ambiguïté. L'affaire des « professeurs qui soutiennent le terrorisme» a déjà fait la une des journaux proches du pouvoir. Le nom de Göktay est apparu dans les gros titres. Chaque matin, quand elle dépose sa fille à l'école, elle rase les murs, fuyant les regards des autres parents, puis file s'enfermer chez elle toute la journée. Elle a peur qu'on la reconnaisse, peur qu'on l'interpelle en pleine rue. Certains la fuient, ont cessé de lui adresser la parole. Depuis plusieurs jours, sa voisine, la maman de Defne, l'évite. Avant-hier, elle a fini par lui téléphoner en bredouillant : «Ne le prends pas mal. Mais mon mari craint pour notre réputation.»

Alors Ayla préfère ne plus parler à personne. Même à ses amis les plus proches qui, pourtant, insistent pour l'inviter à dîner. Elle ne décroche plus qu'aux numéros de Nevra, de l'école ou à celui, toujours masqué, derrière lequel se cache l'avocate. À l'université Galatasaray, elle s'est fait porter malade et ne cesse de retarder son retour. La grippe d'hiver, particulièrement coriace cette année, est un parfait alibi. Tout désormais lui semble étranger. Recluse dans l'appartement, elle ne se confie guère qu'à Kamar. Du matin au soir, le chat ne la quitte plus des yeux, surtout lorsqu'elle reste collée, des heures durant, à la vitre de son salon-perchoir. Alors Ayla lui parle. De sa ville qu'elle ne reconnaît plus. De l'immense mosquée d'inspiration ottomane dont elle regarde pousser les minarets sur le versant asiatique d'Istanbul. Chaque jour, ils entravent un peu plus la vue plongeante sur le quartier autrefois verdoyant de Çamlica. Elle lui raconte les caprices d'Erdogan, pseudo-sultan des temps modernes, obsédé par le défunt empire, mais qui laisse surgir un peu partout des centres commerciaux futuristes à la façon de Dubaï.

Curieux fantasme pour celui qui se revendiquait, à ses débuts, l'homme du peuple, des laissés-pour-compte et des déshérités. Elle n'a pas oublié. Comme beaucoup de Turcs de sa génération, alors qu'elle était étudiante boursière à la Sorbonne, Ayla s'était empressée de rentrer au pays, une fois son doctorat en poche, pour soutenir les réformes qu'il venait d'initier : l'abolition de la peine de mort, la mise au pas de l'armée, omniprésente dans l'appareil politique, la lutte contre la corruption. 2003. La date lui est restée. Recep Tayyip Erdogan venait d'être nommé Premier ministre. Avec son nouveau parti, l'AKP, il voyait grand pour son pays, aux portes d'une Europe alors courtisée. La rénovation des routes, l'accès à l'électricité pour les populations oubliées du plateau anatolien, la construction de ponts, de logements décents, de voies rapides, l'amélioration des transports en commun. Des années prometteuses, où les aides internationales et les investissements occidentaux affluaient, à mesure qu'Erdogan affinait sa nouvelle politique régionale de « zéro problème avec les voisins ».

Il s'en éloigne aujourd'hui à grands pas.

Face à son débit de paroles, Kamar fait le dos rond et se contente de miauler. Ayla a parfois l'impression qu'il la comprend. Elle se surprend même à lui raconter Istanbul et sa Gay Pride, les cortèges féministes du 8 mars, les débats autour du génocide arménien, les « Turcs des montagnes » qui pouvaient enfin se faire appeler par leur vrai nom, « Kurdes », sans être inquiétés. Oui, petit chat, Istanbul, c'était bien ça. Chacun trouvait sa place dans cette nouvelle Turquie où les valeurs de l'islam, dénigrées sous Atatürk, le « père de la Nation », puis réprimées par la junte militaire au nom d'une laïcité kémaliste, tentaient d'offrir un message à la fois conciliant et ouvert. Avait-elle été trop naïve ?

Une phrase, ces jours-ci, ne cesse de la hanter : « La démocratie est comme un tramway, une fois arrivé au terminus, on en descend. » Erdogan l'avait prononcée à ses débuts, dans les années 1990, quand il était maire d'Istanbul. À l'époque, Ayla n'y avait pas prêté attention, aveuglée par ce musulman progressiste dont on comparerait ultérieurement le parti, fondé quelques années plus tard, à une version turque des chrétiens-démocrates allemands. Aujourd'hui, cette phrase sonne autrement, surtout lorsqu'elle traverse l'incontournable place Taksim, à cinq minutes à pied de chez elle : un ballet de grues fera bientôt sortir de terre une énième mosquée. Le projet controversé couvait depuis longtemps. Il s'était maintes fois heurté à l'opposition de divers tribunaux. Il y a quelques mois, quand la première pierre a finalement été posée sur cette esplanade aux nombreux cafés prisés des artistes et des intellectuels, face à la statue de la République d'Atatürk, et à deux pas de l'église grecque orthodoxe de la Sainte-Trinité, personne n'a osé lever le petit doigt, par crainte d'être accusé de blasphème. Pas un manifestant. Pas une seule banderole. Pas même un graffiti pour dénoncer la conquête idéologique de sa ville tant aimée.

L'autre matin, face au Bosphore, lui est revenu en mémoire ce jour du début des années 2000 où elle signa sa première pétition. Elle venait de décrocher un poste de chercheuse assistante à Galatasaray et, entre deux amphis, des confrères avaient fait circuler un texte appelant à défendre le droit des étudiantes à porter le foulard, banni depuis Mustafa Kemal. Arrivant de France, Ayla savait à quel point le sujet du *hijab* pouvait déchaîner les passions. Mais en Turquie ! Au nom de quelle présumée démocratie pouvait-on empêcher les femmes de se voiler, dans un pays où la majorité des habitants sont des musulmans pratiquants ? Sans hésiter, elle avait apporté son soutien à l'appel. Évidemment, elle n'en avait rien dit à ses parents. Pour les « Turcs blancs » de leur génération, issus de la bourgeoisie occidentalisée, le moindre bout de chiffon sur la tête était une régression moyenâgeuse. Sa grande sœur, qui s'amusait à mimer de ses doigts parfaitement manucurés de petites pressions sur un spray antimoustique dès que son chemin croisait celui de femmes en foulard, avait failli la dénoncer à son père. On en était encore là, au début du XXI^e^ siècle. Pour les nostalgiques d'Atatürk, dont sa famille faisait partie, le voile était une maladie contagieuse. Un virus à éradiquer à tout prix. Ayla se sentait mal à l'aise avec la laïcité dogmatique de sa famille et de ses amies. Quand sa sœur voyait en elle une pro-Erdogan islamiste, Ayla se sentait simplement à l'écoute de ceux qui pensent autrement. Elle exécrait les étiquettes hâtives, réductrices. Elle était à cet âge frondeur où l'on défend jusqu'au bout ses idées. Quitte à se brûler.

Un soir, Ayla avait imprimé en douce des dizaines d'exemplaires de la pétition, assortie d'une photo de femme voilée brandissant la Déclaration universelle des droits de l'homme, pour les placarder en catimini sur les murs de leur quartier. Il faisait nuit noire. Un froid à congeler les chats errants soufflait sur la ville. Pour se protéger de la brise glaciale, mais aussi des regards indiscrets, elle avait piqué un masque chirurgical à sa sœur, étudiante en médecine. Elle se revoit, avec sa mini-jupe sur ses collants de laine, son échelle et son seau de colle à la main, arpentant les rues désertes pour décorer les façades de ses affiches improvisées, à commencer par celle sur laquelle donnait la chambre de ses parents. Au petit matin, toute la maison s'était réveillée aux hurlements de sa mère qui, en ouvrant ses volets, était tombée nez à nez avec l'autre visage de la Turquie, celui qu'elle refusait de regarder en face. Furieuse, elle avait fait irruption dans la chambre d'Ayla, arrachant sa couette remontée sur son visage pour la forcer à avouer son petit jeu. De son poing serré comme une grenade, elle l'avait rouée de coups, l'accusant de trahir les valeurs républicaines et laïques du pays. D'abord resté en retrait, son père avait fini par les séparer, mais il avait exigé d'Ayla qu'elle présente des excuses à sa mère. Elle avait refusé et sa famille avait cessé de lui adresser la parole. Exclue de tout, des discussions comme des repas, étrangère dans son propre foyer, elle s'était résignée à quitter la maison. Elle avait enchaîné les ménages et les cours particuliers pour se payer un petit studio, mais rien de tout cela n'avait entamé ses convictions. Défendre celles qui souhaitaient porter le foulard, c'était défendre la liberté, qu'elle soit vestimentaire ou religieuse. C'était soutenir les opprimés d'alors. Dorénavant, c'est elle l'opprimée.

Quand elle marche aujourd'hui dans la rue, Ayla sent les regards peser sur elle. Elle est convaincue que c'est *elle* qu'on regarde de travers. Pour ses mèches de cheveux colorées en violet. Pour sa robe échancrée. Pour son piercing au nez. Parfois, les hommes grimacent sur son passage. Ils changent de trottoir. Elle croit les entendre cracher une remarque déplacée, reprendre à leur compte les déclarations d'Erdogan sur l'importance de la femme au foyer, sa fonction reproductrice, sur la nécessité d'élever une génération pieuse, à l'image de cette « Nouvelle Turquie » de plus en plus tournée vers l'est. Le président n'en manque pas une, qualifiant l'avortement, légal depuis 1965, de « crime contre l'humanité », fustigeant les féministes « qui n'ont rien à faire avec notre religion et notre civilisation ». On ne pouvait commettre pire trahison envers le « deuxième sexe ». Pour exprimer sa rage, Ayla a même inventé un mot : la « mâle-honnêteté ».

Maintenant que le vent souffle à contresens, Ayla repense souvent à ce fameux manifeste qui lui coûta ses relations avec sa famille. Quelques années plus tard, en 2008, la mobilisation avait porté ses fruits : l'interdiction de porter le foulard à l'université avait été levée. Au début, elle avait accueilli la nouvelle comme une victoire. Un juste rééquilibrage des forces dans un pays tiraillé entre ses deux identités. Au fil du temps, le port du foulard allait s'élargir à la fonction publique, au Parlement, à la police, à l'armée. Puis, petit à petit, l'islam s'était imposé partout, dans les écoles, à la table des cafés, sur les toits-terrasses des nouveaux restaurants branchés. Rien de flagrant à l'œil nu, dans cette mégalopole indomptable de 16 millions d'âmes qui s'amusent et s'enivrent jusqu'au bout de la nuit. Mais tout de même : nouvelles taxes sur l'alcool, augmentation du budget de la Diyanet, ce pseudo-ministère en charge des Affaires religieuses, multiplication des lycées d'enseignement religieux, les *imam hatip*, de ceux par lequel Erdogan était lui-même passé.

C'est à ce moment-là qu'avait grandi sa désillusion à l'égard de toute forme de pétition. Et de manifestation. Le jeu n'en valait plus la chandelle. Surtout après l'épisode du parc Gezi, en 2013. Alertés par un projet de destruction de ce jardin mitoyen de la place Taksim, des milliers de Stambouliotes s'étaient rassemblés sous les platanes pour bloquer les bulldozers. Au début, Ayla y avait accompagné Göktay, Deniz calée dans la poussette. La petite avait trois ans. Les manifestants défendaient la préservation d'un des derniers poumons verts du centre-ville, menacé d'être bétonné au profit d'un grand centre commercial déguisé en reconstruction d'une caserne militaire ottomane. L'ambiance était festive. Sous les yeux éblouis de Deniz, le parc s'était transformé en forêt enchantée hérissée de tentes et de stands politiques entre lesquels sillonnaient des vendeurs ambulants de pommes d'amour et de maïs grillé. Une radio libre, une bibliothèque, une cantine, des ateliers pour enfants et un jardin potager avaient même surgi. Kémalistes, gauchistes, féministes, transsexuels, membres des minorités kurde, arménienne, musulmans anticapitalistes déroulant leur tapis de prière à côté des buveuses de bière Efes en décolleté : chaque jour, pendant plusieurs semaines, malgré les incursions policières, le Tout-Istanbul s'y était donné rendez-vous. Des milliers de protestataires venaient dénoncer le grignotage de leur ville adorée et celui de leur liberté d'expression. La nuit, les plus téméraires dormaient sur place, à la belle étoile. Jusqu'au jour où Erdogan en personne décida de couper court à la fête. Les forces anti-émeutes avaient déversé leurs stocks de gaz lacrymogène sur la foule. Ayla, Göktay et leur fille étaient présents ce soir-là. Ils avaient dû foncer aux urgences, la petite suffoquant sous les effets des gaz. Elle avait été placée sous oxygène et Ayla avait senti monter en elle une culpabilité dont elle ne se départirait jamais. Elle n'avait pas le droit d'imposer ses combats à sa fille. Plus jamais.

Gezi avait marqué un tournant radical. La répression du mouvement avait fait huit morts et quelque huit mille blessés. La destruction du parc avait cependant été abandonnée. Mais pas l'idée de coloniser Taksim, où deux autres projets chers à Erdogan avaient été relancés : la construction de la fameuse mosquée et celle, juste en face, d'un opéra, sur les ruines de l'ancien centre culturel Atatürk.

Très vite, la place s'était transformée en vaste plaine sans charme, où la police patrouillait nuit et jour.

Ayla avait alors envisagé pour eux trois un exil en France. Ils pourraient survivre quelques mois dans un studio parisien prêté par des amis, avant de trouver du travail. Elle avait même repéré une école maternelle pour Deniz. Göktay s'y était formellement opposé. Istanbul était un rêve inachevé, disait-il, qu'il ne pouvait pas abandonner. Elle avait fini par se résigner.

Maintenant, il est trop tard. Lui, embastillé. Elle, assiégée par la peur. La Turquie, ce paradis devenu enfer.

Ce matin, l'université de Göktay s'est manifestée par lettre recommandée. Il est demandé à Ayla de passer récupérer les affaires de son mari, le plus vite possible. Deux semaines, déjà, qu'elle est sans nouvelles de lui, à part quelques informations obtenues au compte-gouttes via l'avocate. Göktay serait détenu à la prison de Silivri et garderait le moral, bien qu'il soit confiné à l'isolement.

Perché sur les hauteurs du Bosphore, le campus est l'un des plus prestigieux de Turquie. À l'entrée, les policiers sont plus nombreux et équipés que jamais. Une femme en uniforme pratique sur Ayla la fouille corporelle. À chaque pression des mains sur son corps, elle sursaute. Encore deux portillons à passer, puis un préposé à la sécurité l'accompagne à travers les allées du campus, sans la lâcher d'une semelle. Il y a encore quelques mois, elle y entrait comme dans un moulin pour assister à des conférences d'écrivains étrangers.

Dans le couloir du département d'Histoire, l'angoisse l'étreint. Sur la porte du bureau de Göktay, elle reconnaît la fameuse croix rouge dont ont écopé plusieurs universitaires. Elle n'aime pas ce stigmate, évocateur des heures sombres de l'histoire turque. En 1979, c'est ainsi qu'avaient été marquées les maisons de la minorité alévie, d'obédience chiite, avant que leurs habitants ne soient massacrés par centaines dans les rues. La plaque de cuivre portant le nom de son mari, elle, a été rayée au marqueur noir. Le vigile, l'air détaché, lui montre un petit carton vide, posé à son intention sur le seuil de la porte.

– Je reviens vous chercher d'ici une demi-heure.

Ayla le regarde partir, étonnée, puis s'empresse de tourner la poignée.

– Entrez ! lance une voix masculine.

Installé dans le fauteuil de Göktay, un inconnu la dévisage. Moustaches noires. Regard sombre derrière des lunettes d'écaille. Sans prendre la peine de se lever, l'homme lui indique du menton une pile de livres entassés dans un coin.

– Un jour de plus et je jetais tout !

Son culot la sidère. Vite, elle entasse tous les ouvrages qu'elle peut dans le carton et ajoute quelques dossiers dans son sac à dos. Surtout, ne pas rester une minute de plus sur ce campus assiégé. Sans attendre le vigile, elle s'enfuit vers la station de bus, lorsqu'elle entend quelqu'un l'interpeller. C'est Kadir, un collègue de Göktay, qui lui fait de grands signes par la vitre ouverte de sa voiture.

– Désolé pour Göktay ! lance-t-il, en lui proposant de la déposer chez elle.

Ayla s'engouffre aussitôt dans le véhicule.

En chemin, elle lui résume les événements. Bien sûr, Kadir est au courant. Le syndicat des enseignants, dont il fait partie, les tient régulièrement informés. D'une voix embarrassée, il lui avoue ne pas avoir signé la pétition :

– Je n'ai pas eu le courage de Göktay. Je m'en veux.

S'il savait qu'Ayla pense tout le contraire. Que pour elle la lâcheté est une forme de lucidité, voire de responsabilité.

Arrivés devant son immeuble, elle lui demande :

– Vous avez des enfants, Kadir ?

– Oui, deux, répond-il.

– Alors, filez, et prenez-en bien soin.

À Istanbul, l'ambiance se crispe de jour en jour. Comme une vague irréversible, l'insécurité traverse les murs, pénètre les maisons, se glisse sous la peau d'une ville où la phobie des attentats se greffe sur celle de nouvelles arrestations. Ayla n'ose plus allumer la radio. D'ailleurs, pas besoin de radio. Les mauvaises nouvelles s'invitent d'elles-mêmes. L'autre jour, le 19 mars, elle marchait sur Istiklal avec Deniz. Elle lui avait promis une glace à la cerise, sa préférée. La fillette l'avait dévorée avec gourmandise, ravie de faire comme si le rouge sur sa bouche était du sang. Soudain, il y eut du vrai sang. Partout. Sur le chariot du vendeur de maïs, sur la devanture d'une boutique de prêt-à-porter, sur le sol. Les oreilles d'Ayla sifflaient, saturées par le fracas de la détonation. Un instant, elle crut que sa fille était blessée, morte peut-être. Mais sa main dans la sienne l'avait ramenée à la réalité. Elles étaient en vie, toutes les deux. Sous l'impact de la déflagration, Deniz avait fait tomber son cornet et s'était penchée au sol pour le ramasser. Le chariot du vendeur ambulant, tel un bouclier, les avait sauvées. Il les avait protégées du souffle. Ses esprits retrouvés, Ayla avait bondi sur sa fille, l'avait prise dans ses bras et avait foncé tête baissée à travers la foule. L'avenue Istiklal était comme un champ de bataille. Les vitrines brisées. Au sol, des corps. Une tête arrachée. La seule chose qu'elle était alors parvenue à faire avait été de chanter, haut et fort, sa chanson favorite de Gainsbourg, « L'anamour ». Dans ses bras, Deniz sanglotait à cause de son sorbet, mais Ayla promettait à sa fille une autre glace, bientôt. Autour d'elles, un seul mot circulait. « Attentat », « attentat ».

En traversant Taksim, prise d'assaut par des hordes de touristes paniqués, elle avait bifurqué sur la droite pour rejoindre l'avenue qui abrite le consulat allemand. Le vrombissement des hélicoptères se mêlait à celui des sirènes d'ambulance. Dans sa tête, Gainsbourg répétait : « Je cherche en vain la porte exacte. Je cherche en vain le mot exit... » Aussitôt passé le consulat, Ayla s'était engouffrée dans les rues de Gümüssuyu, le quartier aux innombrables escaliers, *leur* quartier enclavé, atypique, entre le brouhaha de Taksim et l'embarcadère des *vapur* de Kabataş, qui lui rappelait Montmartre. En français, Gümüssuyu veut dire « jus d'argent », ou plus joliment « eau argentée ». Lorsqu'elles étaient arrivées à l'appartement, Deniz pleurnichait encore : « Je veux du *vines suyu* ! » Du jus de cerises. Ayla lui en avait servi un grand verre, après avoir fermé la porte à double tour, en prenant soin de verrouiller le loquet supplémentaire installé par le serrurier.

Depuis ce jour, Ayla cède sur tout. Les bonbons, les dessins animés, les spaghettis à la place des brocolis. Plus rien ne lui importe, ni les repas à préparer, ni la litière de Kamar à changer, ni les jouets à ranger. Au milieu du salon, la petite s'est construit une cabane en empilant quelques coussins sous un tapis de yoga. Elle passe ses journées à fredonner et dessiner dans ce cocon protecteur « parce que tu sais bien, Maman, dehors, c'est plein de méchants ». Ayla ne lui a pourtant rien dit. Ni pour les cinq touristes tués lors de l'attentat. Ni pour l'école, fermée une semaine, le temps de renforcer la sécurité alentour.

Quand vient la nuit, l'angoisse resurgit. Deniz réclame son papa. Elle réclame ses câlins, ses blagues, ses histoires à dormir debout. Lorsqu'elle parvient à s'assoupir, cela ne dure jamais longtemps. Elle se réveille au moindre bruit, hantée par des cauchemars impossibles à chasser. Ayla ne sait plus quoi inventer pour la réconforter. Elle perd patience et hausse le ton en la suppliant de s'en remettre au Marchand de sable. Elle se sent seule, au fond d'une impasse. Elle rêve d'une main, d'une caresse rassurante. Elle voudrait tant se blottir dans les bras de son mari, désormais interdits. Et lui, comment va-t-il ? À quoi occupe-t-il ses soirées, en prison ? Parvient-il à trouver le sommeil sans ses boules Quies ? À quoi rêve-t-il ? Est-il encore capable de rêver ?

« Cellule des oubliés ». C'est ainsi que dès le premier jour le maton lui a désigné son cachot. La pièce d'à peine dix mètres carrés n'est qu'un cagibi sordide privé de lumière naturelle. Mais Göktay est un roc. Du moins, il veut s'en convaincre lorsque, pour tuer le temps, il en inspecte chaque parcelle, chaque objet. Le robinet rouillé. Le matelas usé par d'autres avant lui. Le bol de soupe aux lentilles insipide. L'odeur de renfermé ne l'indispose déjà plus. Ni les cris étouffés des autres détenus qui transpercent les murs. Lui, il ne crie pas. Il ne se plaint pas. À ce stade de sa détention, il se croit capable de tout endurer. Le soir, quand il s'allonge à même le sol, les bras en éventail, il se récite des vers du grand Nâzim Hikmet. « Être captif, là n'est pas la question / Il s'agit de ne pas se rendre : voilà », avait écrit le poète après quinze ans de prison. C'est devenu son mantra lorsqu'il repense à la pétition.

Trois mois auparavant, quand le titre «Nous ne serons pas complices de ce crime» s'était affiché sur son écran d'ordinateur, il avait immédiatement senti la fièvre lui monter au front. Ses pairs universitaires égrenaient les revendications en faveur du peuple kurde : la levée des couvre-feux, la réparation des bâtiments détruits, la nomination d'une commission d'enquête indépendante, l'ouverture de négociations, l'établissement d'une feuille de route pour une réconciliation durable. En lisant le texte, ses lèvres tremblaient. Comme un écho fragile à toutes ces voix étouffées qui lui parvenaient depuis des mois par bribes éparses sur le fil des réseaux sociaux : tous ces civils confinés dans les villes assiégées du Sud-Est, pris en étau entre forces de sécurité et rebelles armés, ces centaines de blessés qui risquaient de mourir faute d'accès aux hôpitaux, ces familles qui brandissaient le drapeau blanc en signe de détresse, qui guettaient un répit pour enterrer les corps calcinés dans les abris. La Turquie n'était pas seulement en guerre contre les combattants du PKK. Elle était en guerre ouverte contre les droits de l'homme.

Comme c'est souvent le cas dans ce recoin blessé de la planète, au cœur d'une région particulièrement instable, il avait suffi d'une étincelle pour réveiller le volcan. Le 7 juin 2015, le jeune parti laïc pro-kurde HDP avait fait une percée remarquée au Parlement. Göktay avait évidemment voté pour cette nouvelle mouvance de gauche, porteuse d'espoir démocratique. Mais Erdogan avait rétropédalé : contrarié par le succès du HDP, qui faisait perdre la majorité absolue à son parti, il avait annulé les résultats et convoqué de nouvelles élections en novembre de la même année. Entre-temps, la guerre en Syrie et ses répercussions sur le territoire turc avaient justifié son tour de vis. Le 22 juillet, un attentat attribué à Daech faisait trente-trois morts dans un rassemblement pacifique pro-kurde à Suruç, à la frontière turco-syrienne. Quarante-huit heures plus tard, deux policiers turcs tombaient d'une balle dans la tête : un acte de vengeance du Parti des travailleurs du Kurdistan contre un pouvoir turc accusé de laxisme à l'égard de l'organisation État islamique ? Le président n'avait pas perdu son temps à attendre une revendication qui n'était jamais venue. Il avait relancé la guerre contre la guérilla kurde.

À trois heures et demie d'avion de Paris, aux portes de l'Europe, Göktay assistait impuissant à cette nouvelle flambée de violence. Il lui fallait dire son indignation en soutenant la pétition. Et malgré sa situation aujourd'hui, malgré la douleur qu'il sait causer à sa famille, il ne regrette pas un seul instant de l'avoir signée. Elle avait été rédigée sous le coup de l'émotion et prenait ouvertement parti : en dénonçant l'usage disproportionné de la force par le pouvoir et en omettant, c'était vrai, de rappeler qu'en face les rebelles kurdes se radicalisaient eux aussi. Aguerris par des années de lutte contre Daech, ils combattaient sans merci. Göktay s'était pourtant senti investi d'un rôle. Si les enseignants ne brisaient pas l'omerta sur la violence des combats, qui le ferait ? Il avait signé comme on prend les armes, ignorant alors ce que ce texte lui murmurait. Quelque chose d'intime qu'il pensait enterré à jamais.

Derrière ses paupières closes, le dos collé au sol, ses grands yeux s'égarent sur le chemin de l'enfance. Göktay a six ans, l'âge de Deniz aujourd'hui. Quand il revient de mission, son père le réveille en le chatouillant. Dans le grand appartement d'Ankara, chaque retour de « Mon Général » est une fête. Sa mère l'appelle ainsi, éclatante de beauté dans sa robe en soie mauve lorsqu'elle l'accueille de ses bras grands ouverts. Göktay aime se glisser entre eux deux pour humer le parfum des retrouvailles. Il pourrait tout donner pour ce mélange de rose et de tabac froid qui l'enveloppe comme une seconde peau. Lui, minuscule et si fier devant ces épaules aussi carrées que celles des combattants de ses dessins animés japonais préférés. Pour sûr, son père est un héros. Il le devine à son torse bardé de médailles. Héros, et un peu magicien : capable de soudain réapparaître des confins de la Turquie orientale, aux portes de la Mésopotamie, où l'envoie l'armée, pour lui raconter les gamins de son âge jouant au cerf-volant sur les toits des maisons couleur safran de Mardin. Göktay serait bien incapable de situer la ville sur une carte. Mais il aime ça, cette sensation de voyager avec lui.

Ce matin de décembre 1979, un cri le réveille. Au début, il ne comprend pas. « Mardin, Mardin, Mardin… » hurle sa mère. Il bondit de son lit, guidé par les lamentations. Au milieu du salon, il la trouve au sol, sa main accrochée au combiné du téléphone, répétant à l'infini le même staccato de mots : « Mardin, Mardin… » En gémissant, elle s'arrache les cheveux, épouvantée. Son corps frissonne. Sa voix fait tout trembler. Jusqu'à se taire, enfin, définitivement. Le silence pour effacer la réalité. Laisser la place à l'oubli. Lui se souvient vaguement. De ces questions d'enfant restées sans réponse. De ce drapeau rouge à l'étoile et au croissant blanc, enveloppant la longue boîte en pin verni qu'on lui fait embrasser le surlendemain devant une rangée de caméras. Le ministre de la Défense, qui le reçoit ce jour-là avec sa mère muette, dans son bureau bondé de soldats en treillis, ne le contredit pas lorsque Göktay affirme, avec une certitude martiale, que son père rentrera bientôt à la maison.

Bien sûr, son père ne rentre pas. Sa mère non plus n'est plus vraiment là. Elle ne parle plus, casse la vaisselle en débarrassant la table, s'endort devant la télévision. Göktay se débrouille tout seul comme il le peut. Jusqu'à ce fameux soir, deux ans plus tard. Malgré l'orage, elle s'est assoupie dans le canapé au bout de deux films hollywoodiens sous-titrés. Göktay se rapproche sur la pointe des pieds, remonte son châle sur ses épaules et, soudain, l'entend marmonner des phrases courtes et hachées. Il tend l'oreille. Dans son sommeil, elle raconte. Son père mort à Mardin. Trois balles dans la tête. Une embuscade dressée par Apocular, un jeune groupe séparatiste du Kurdistan turc. Enfin, il découvre la vérité. Son père, il le comprendra plus tard, a été l'une des premières victimes de la guérilla kurde, minuscule embryon de ce qui deviendrait plus tard le PKK. Göktay ne se souvient pas d'avoir pleuré, ce jour-là. Il était sous le choc de cette nouvelle aussi cinglante qu'une balle de franc-tireur. Le tir l'avait abattu. Pourtant, il respirait encore. Il respire encore. Et de cette mort, étouffée comme un grand secret, il est toujours victime, englué dans le silence. En se taisant, sa mère lui avait imposé une double peine : celle de la disparition de son père et celle de l'impossible adieu. Elle lui avait volé la possibilité de faire son deuil. De comprendre ce qui s'était réellement passé. Jusqu'à ce qu'elle s'éteigne, des années plus tard, il ne lui pardonnera pas.

La digue du passé finit toujours par céder. C'est la seule consolation que Göktay avait trouvée, à l'âge adulte, quand, sur les bancs de l'université Bogaziçi, il s'était mis à côtoyer l'association des étudiants gauchistes. Le campus était le théâtre d'un perpétuel bouillonnement. Une sorte de Harvard «à la *turka*» où les débats d'idées menés durant les cours, tous dispensés en anglais, se répercutaient directement sur la grande pelouse. Un jour de 1999, alors que les jeunes militants socialistes y avaient dressé une tente sur laquelle flottaient le drapeau rouge, blanc, vert, frappé du soleil kurde, et la grosse moustache d'Abdullah Öcalan, le leader du PKK qui venait d'être arrêté, Göktay s'était approché, à la fois curieux et méfiant. Tout ce qui touchait à cette minorité ethnique le mettait mal à l'aise. Un copain l'avait attrapé par la manche. Il l'avait écouté évoquer, carte à l'appui, ce peuple sans État, déchiré entre la Turquie, l'Iran, l'Irak et la Syrie. Ces oubliés sur la mappemonde, victimes de promesses non tenues à la fin de la Première Guerre mondiale, quand le traité de Sèvres avait reconnu leur droit de se constituer en nation indépendante, droit ultérieurement ignoré par celui de Lausanne. Les pouvoirs successifs n'avaient, depuis, jamais cessé de réprimer les Kurdes, leur interdisant de parler leur langue, de porter leurs costumes traditionnels, de cultiver leur identité, de rêver d'une possible autonomie. Göktay n'avait pas pu s'empêcher de trouver leur destin d'autant plus terrible que, à partir des années 1980, l'armée s'était mise à mater toute tentative d'insurrection, surtout quand le Parti des travailleurs du Kurdistan avait fait le choix des armes. Son ami s'était alors lancé devant une vingtaine d'étudiants dans un discours au vitriol contre les militaires turcs ratissant les villages de montagne. Il avait dénoncé leur violence, leur extrême brutalité, s'en était pris à tous les généraux, morts, vivants, pas encore nés, qu'il avait qualifiés de salauds, sous un tonnerre d'applaudissements. Göktay s'était senti rougir. À ses yeux, son père avait toujours été un héros. Comment se pouvait-il que lui, si joyeux, si enthousiaste, ait pu épouser une cause aussi injuste ? Comment rester hermétique aux revendications du peuple kurde ? À ces hommes et ces femmes que l'armée combattait sur des terres qui leur avaient été confisquées ? La voix de son ami résonnait dans ses tympans, et au fur à mesure se nichait en lui, se superposant à sa douleur, un doute qui ne le quitterait plus. Et si ses copains disaient juste ? Les questions jamais posées, enterrées avec son père, jaillissaient. Qui avait tiré en premier, ce jour de 1979 ? Dans quel but ? Son père était-il un bourreau ? Combien d'hommes avait-il torturés, maltraités, pour qu'un combattant de la guérilla en vienne à l'assassiner ?

Pour apaiser sa colère, Göktay avait tourné le dos à la guerre. À toutes les guerres. Des victimes, il y en a malheureusement toujours, des deux côtés. Lui avait besoin de pardonner, d'avancer. Il ne voulait pas croire que son père, s'il n'avait pas été assassiné, ne se serait pas repenti.

Quand des années plus tard, en janvier 2016, cette pétition d'universitaires avait atterri dans ses courriels, tout ce passé familial était remonté à la surface. Au plus profond de lui, un sentiment de honte et de gêne persistait, dont il ne parvenait à parler à personne, pas même à Ayla. En signant, il lui semblait demander pardon, au nom de son père, à tous les membres de la minorité que celui-ci avait, de près ou de loin, malmenés. Signer, c'était ne pas cautionner ses actes, c'était dénoncer la violence, quelle que soit sa couleur politique. Cette violence qui avait brisé sa famille et ruinait son pays depuis des décennies.

Alors, sans la moindre hésitation, Göktay avait cliqué sur la page pour apposer son nom au bas de la pétition pour la paix.

Cette fois, le coup de fil est arrivé comme une délivrance. La voix déterminée de l'avocate lui annonçait enfin la permission de voir Göktay. Au matin, Ayla décide de prendre la route dans la vieille Citroën de son mari, sans se préoccuper des rayures d'intimidation sur la carrosserie. Elle n'a pas conduit depuis si longtemps. Dans la cacophonie des embouteillages, Ayla scrute la foule, tous ces gens qui vaquent à leurs occupations, discutent sur un bout de trottoir, se rendent au travail, à la banque ou chez le dentiste. Elle, c'est avec son mari emprisonné qu'elle a rendez-vous. Qui s'en douterait? Une femme si joliment apprêtée, les paupières maquillées de rimmel camouflant ses yeux cernés. Sur ses ongles comme sur ses lèvres, elle a osé le fuchsia.

La couleur a le pouvoir des mots. Elle traduit un état d'âme, suggère une émotion. Mais elle ne montre pas tout. Ayla est rongée de rancœur. Elle bouillonne d'impatience. Aujourd'hui, il lui faut tout dire, oser parler sans détour à son mari. Lui confier son inquiétude sur son sort et sa colère qu'il ait tout sacrifié pour un simple pamphlet. Lui demander aussi : Pourquoi ? Pourquoi cette obstination à signer toutes ces pétitions ? En avait-il la carrure, lui, l'homme des livres, des notes de bas de page et des manuscrits minutieusement retravaillés ? Était-il vraiment fait pour ce costume de héros mal taillé ? L'habit était inadéquat, surdimensionné. Elle lui avait pourtant confié ses doutes. Tendu la main gauche quand il s'obstinait à signer de la main droite. Il voulait la paix et a déclenché la guerre. Oui, lui dira-t-elle encore, on pense brandir un rameau d'olivier et c'est la forêt qu'on enflamme. Tu le sais. Tu le savais. Tu l'as quand même fait. Tu t'es brûlé. Et maintenant, nous voilà séparés.

À la sortie d'Istanbul, Ayla se cramponne au volant. Toute la nuit, elle a répété sa tirade. Elle la connaît par cœur, malgré la fatigue et la déprime. Au péage, elle attrape son thermos, avale quelques gorgées de café. L'avocate l'a mise en garde : il faut s'armer de patience pour parcourir les soixante-dix kilomètres qui séparent la place Taksim de la prison de haute sécurité de Silivri. Un nom autrefois synonyme de douceur et de vacances. Ayla y a passé son enfance, plongeant jusqu'au soir dans le bleu de la mer de Marmara. Silivri et ses premières baignades. Silivri et ses châteaux de sable. Silivri et ses arbres fruitiers… Derrière le pare-brise, le paysage défile, méconnaissable. Partout, des masses de béton, des gratte-ciel écrasant les derniers champs. Tous ces mégaprojets issus de la folie des grandeurs d'Erdogan.

Une heure plus tard, Ayla quitte enfin l'autoroute. Un impressionnant complexe encerclé de barbelés se dresse devant elle. Google Maps indique que c'est au milieu de ces ronces artificielles qu'est retenu son mari. Elle réajuste sa veste, vaporise quelques gouttes de son eau de Chanel préférée. Puis se range dans la file des véhicules agglutinés devant la grande muraille de la prison. Une ville dans la ville, où tout est rigoureusement filtré. Un gendarme, fusil d'assaut en bandoulière, lui fait signe de baisser sa vitre et d'ouvrir le coffre. Elle lui tend sa carte d'identité. Un chien renifleur contourne le véhicule pour l'inspecter. Il éternue. Ayla a dû trop s'asperger de parfum.

Après trois quarts d'heure d'attente, elle récupère ses papiers. On lui enjoint de se garer sur le grand parking de l'entrée. Le reste se parcourt à pied, jusqu'au portail. Sur le perron, une petite foule piétine d'impatience. Sur les visages, Ayla lit la résignation des habituées. Mères, sœurs, épouses ou fiancées. Depuis combien de mois, combien d'années sont-elles abonnées à cette épreuve ? Quelle est leur histoire ? Dans un grincement métallique, la porte s'ouvre. Il faut de nouveau montrer patte blanche, avant de pénétrer dans un couloir insalubre aux relents d'humidité. Ayla se laisse guider. Au portique de sécurité, une jeune femme refuse de sortir de son sac à dos le déodorant qu'un policier a repéré sous les rayons X. Elle lui reproche de violer son intimité. L'homme se braque et prétend que ça pourrait être une bombe. C'est ici même, aboie-t-il, que les djihadistes de Daech sont incarcérés. La femme fond en larmes, tombe dans les bras d'Ayla qui la serre contre elle, solidaire de sa peine. Sous prétexte de lutte contre l'État islamique, toutes les humiliations sont permises.

Son nom résonne dans le couloir. Elle s'approche. Enfin le parloir. Un surveillant lui indique un tabouret de fer vissé au sol derrière une paroi vitrée. Elle s'était imaginé deux chaises séparées par une table, comme dans les films. Elle cache avec difficulté sa déception de ne pas avoir un vrai tête-à-tête avec son mari. Une grande inspiration, et Göktay est de l'autre côté de la vitre.

Ayla reconnaît à peine son mari avec ses joues creusées, ses épaules voûtées. Elle ne le quitte pas des yeux. Une fatigue profonde pèse sur ses gestes, son regard. Elle se rapproche de la vitre. Puis s'effondre sur son tabouret.

– *Canim*, « chérie », murmure-t-il.

– *Can-im*, balbutie-t-elle à travers l'hygiaphone.

Un silence.

– Comment va Deniz ?

Ayla s'empresse de répondre. Presque trop vite.

– Elle a eu sept ans la semaine passée. Son premier anniversaire sans toi.

Göktay reste interdit, ses deux mains plaquées sur ses genoux.

– Sept ans, déjà…

– Tous les soirs, elle me demande quand tu rentres. Tous les soirs, elle t'attend. Tu lui manques terriblement...

Göktay se tait. Incapable d'offrir une réponse immédiate. Lui habituellement si bavard, si volubile, sent comme un remord lui bloquer la gorge. Un sentiment de culpabilité. Non pas d'avoir signé, mais d'avoir assigné sa fille à la douleur de son absence. Il pense au cauchemar qu'il lui inflige. À son innocence dérobée. Quelle terrible peine que de la savoir condamnée à guetter son retour incertain. Il le sait trop bien. Un père, c'est si précieux.

– Moi aussi, elle me manque... Vous me manquez toutes les deux.

Ayla se sent blêmir. Elle perçoit un malaise qu'elle ne lui connaît pas. Elle voudrait lui dire les sentiments qui l'habitent. Lui confier son désarroi, sa colère, tout ce qu'elle retient depuis des semaines et qu'elle a répété cette nuit. Mais elle a oublié son texte. À court de paroles, elle se contente d'un nouveau *Canim* puis penche sa tête vers la vitre. Elle presse sa bouche contre la paroi. Y imprime un baiser rose fuchsia.

Göktay la dévisage en silence. Elle est toujours aussi belle malgré ses cernes. Il brûle de ne pouvoir lui prendre la main, d'être privé du réconfort des corps quand les mots peinent à se frayer un chemin. C'est pourtant le moment ou jamais d'ouvrir son cœur. De raconter sa mère, son père, les raisons de sa signature entêtée.

– Tu ne m'en veux pas trop ?

C'est la seule phrase qui lui vient. Ayla se tortille sur le tabouret. Elle a tant de choses à dire. Sur les factures qui s'entassent. Les emprunts à rembourser. Le loyer qu'elle doit payer seule, depuis que le rectorat a suspendu le salaire de Göktay. Il y a quelques jours, Kadir, le confrère croisé à la sortie de Bogaziçi, l'a recontactée pour lui faire part d'une autre mesquinerie des autorités : la suppression du nom de Göktay de toutes ses publications universitaires. S'il savait, il s'effondrerait. Alors, oui, elle lui en veut de s'être mis dans un tel pétrin. De ne pas avoir pensé aux conséquences. Mais que répondre sans le blesser, sans qu'il ne retourne au fond de sa cellule encore plus accablé ? Que répondre, à part cette formule toute faite qui, d'un coup, lui échappe :

– Pas du tout !

Une sonnerie les surprend, signalant la fin de la visite. Les dix minutes autorisées sont passées en un souffle.

Faire semblant. C'est tout ce dont Ayla est désormais capable. À la maison, les questions fusent : « Il revient quand, papa ? », « Il a cassé son téléphone ? », « Dis, il sera de retour pour le Nouvel An ? » Le silence est son fidèle allié. Les sorbets aux fruits rouges, ses meilleures diversions. Ayla a fini par inventer un lointain voyage, et un décalage horaire impossible à concilier avec leurs emplois du temps.

– Tu comprends, ma chérie, il se lève quand tu te couches. Et il s'endort quand tu te lèves.

– Pas grave, on peut le réveiller en pleine nuit ! rétorque la petite.

– Mais non, il ne nous entendra pas. Tu sais bien qu'il colle toujours ses « chewing-gums » au fond de ses oreilles !

C'est fou comme il est facile de céder au mensonge lorsqu'on est à court d'arguments. Lui revient en mémoire cette expression iranienne, « le mensonge justifié », picorée dans un dictionnaire quand ils s'étaient mis en tête, Göktay et elle, d'apprendre le persan. Au bout de quatre leçons, ils avaient abandonné. Mais la formule lui était restée. Tout comme ce qu'elle disait sur la « double apparence » à l'iranienne. Le dedans. Le dehors. Le décolleté à la maison. Le foulard dans la rue. Depuis que les ayatollahs ont pris le pouvoir à Téhéran, en 1979, le mensonge est un sport national. On ment pour ne pas être arrêté. Pour se protéger. Pour sauver sa peau. Parfois, Ayla se demande si les Turcs ne vont pas finir comme les Iraniens : otages d'une République islamique qui démultiplie les interdits. De penser. De boire. De s'embrasser.

Pour l'heure, son ayatollah le plus redoutable s'appelle Deniz. La petite l'a placée sous surveillance rapprochée. Elle contrôle ses moindres faits et gestes, refuse qu'elle ferme la porte de sa chambre à la nuit tombée. Ayla s'accroche à son masque. Elle prétend que la vie continue. Sans lui. Chaque jour, elle feint d'y mettre de la couleur. S'invente de nouvelles résolutions. Les vêtements à repasser. Le goûter du lendemain à préparer. Le réveil à ne pas rater.

Elle est maintenant imbattable sur le chocolat au lait et les horaires de tramway. La normalité a même déteint sur ses cheveux. Finies les mèches colorées. Il lui arrive de songer à redécorer l'appartement, modifier l'emplacement des meubles, changer les rideaux. Mais ce serait effacer Göktay encore plus. Cette idée lui est insupportable. L'autre jour, au sortir du parloir, l'avocate l'attendait pour l'informer du calendrier des futures visites : derrière la vitre une fois par semaine, un appel téléphonique de cinq minutes tous les jeudis, et un éventuel tête-à-tête dans une même pièce au bon vouloir du juge. En prime, la possibilité de faire parvenir de quoi lire et écrire au prisonnier, à condition de ne pas dépasser trois ouvrages à la fois, et de ne laisser sortir aucun texte de Silivri.

Quelques jours après sa visite, Ayla se décide enfin à approcher la bibliothèque, restée en pagaille après la perquisition policière. Il est temps d'y mettre un peu d'ordre, de remplacer les ouvrages saisis par ceux rapportés de l'université, et de sélectionner des romans pour Göktay. Ces derniers temps, elle n'a cessé de reporter à plus tard son face-à-face avec ce meuble qui lui rappelle tant son couple. Quand ils avaient emménagé ici, ils s'étaient empressés d'en monter les étagères ensemble, avant même la livraison du lit et du canapé. Un meuble trait d'union, le socle d'une passion partagée. Au classement par thème, ils avaient toujours préféré celui, plus vagabond, par pays d'origine. L'Angleterre d'Agatha Christie. La Tchécoslovaquie de Bohumil Hrabal. L'Ukraine d'Andreï Kourkov, le Liban d'Amin Maalouf. Le week-end, ils s'amusaient à piocher quelques phrases dans un volume attrapé au hasard, pour en faire la lecture à voix haute. À chacun son coin favori. Pour Ayla, c'était la section francophone. Rimbaud, Malraux, Camus. Des mots chantant une liberté en voie de disparition dans son pays. À l'extrémité droite, Göktay avait son coin, dédié au Kurdistan, clin d'œil à ce peuple apatride déraciné de sa terre promise. Avec la courte trêve amorcée en 2013 entre Ankara et la guérilla, sa sélection s'était enrichie d'une biographie d'Öcalan, de quelques recueils de poèmes engagés, d'un essai sur les combattantes portant l'uniforme unisexe des maquisards. Il en avait fait l'acquisition à la librairie Mephisto, institution incontournable d'Istiklal, où tous ces ouvrages autrefois bannis figuraient parmi les meilleures ventes avant de subir de nouveau la censure, avec la reprise du conflit en 2015.

Ayla prend son temps pour balayer du regard les étagères. Elle ose à peine les toucher. La bibliothèque lui fait penser à un mutilé de guerre, amputé d'une partie de ses membres. Au bout d'une heure, elle finit par tendre une main timide. Lentement, ses doigts glissent le long des planches. Ils sondent le vide laissé par les ouvrages arrachés en même temps que son mari, puis effleurent la poussière. Ses yeux s'obstinent, ils auscultent chaque trou, chaque contour, étudient sa dimension exacte. Soudain, elle se fige. Sur le mur du fond, les volumes confisqués ont laissé une empreinte grisâtre.

Des traces indélébiles. La présence de son absence.

En prison aussi, le vide dévore Göktay. Ses souvenirs s'étiolent. Les visages de ses proches s'estompent, à part celui d'Ayla. À chaque visite hebdomadaire, il la sent plus distante. Derrière la vitre du parloir, elle est là sans être là. Elle parle pour ne rien dire, slalome autour des mots, occupant le temps et l'espace avec des généralités passe-partout : la météo, le chat, les kumquats cramés par le soleil sur le balcon. Sur ses traits tirés, il lit l'épreuve et la souffrance, la fatigue et le chagrin. Il comprend qu'elle se protège. Parfois, il craint qu'elle ne renonce à venir le voir et cette perspective lui met le cœur en lambeaux.

Il aimerait conserver sa fierté des premiers jours d'emprisonnement. Un sentiment d'invincibilité l'avait habité pour un temps. Désormais, son isolement lui pèse. Il est réduit à compter les cinq pas qui le mènent d'un bout à l'autre de la cellule. S'habiller à sa guise, acheter un journal, répondre à ses messages, ouvrir ne serait-ce qu'une fenêtre, tous ces petits gestes lui manquent terriblement. Ici, c'est la direction de Silivri qui décide à sa place, y compris de ses heures de sommeil, soumises à l'extinction aléatoire du néon fixé au plafond de sa cellule. Göktay rêve de lumière naturelle, d'air frais. Il se languit de marcher, de courir, de parler. Est-il d'ailleurs encore capable de tenir une vraie conversation ?

Chaque jour de détention est un jour de trop. Une mort lente. Au début, il égrenait les jours et les nuits. Il y a renoncé. Ni les heures ni les saisons ne font sens. Il y a quelques années, dans ce qui lui semble être une autre vie, un chauffeur de taxi qui aurait pu être son grand-père lui avait confié avec coquetterie : « J'ai quatre-vingts ans, monsieur ! En fait, je n'en ai que quarante si l'on soustrait les heures de sommeil. » Göktay ressent aujourd'hui le contraire. Il se sent vieilli. Ou plutôt transformé. En prison, on ne prend pas de l'âge, on se métamorphose.

Pour conjurer le temps, il a ébauché un programme quotidien. Des pompes au réveil, des abdos, quelques exercices de yoga. Le repas sommaire à base d'œufs durs déposés par son maton. Dès que la porte s'ouvre, sa pupille balaie l'espace à la recherche d'une brèche. La possibilité d'une sortie. Il se surprend à méditer sur le trou insalubre qui lui sert de toilettes. À étudier pendant d'interminables minutes la trajectoire des fourmis au sol, leur enviant leur capacité à se faufiler sous la porte métallique.

Göktay a fini par dompter le brouhaha qui s'infiltre à travers le verrou. Les voix des prisonniers rassemblées en un seul écho. Le marxiste de la cellule d'à côté qui chante des tubes de Tarkan. La dissidente qui enchaîne des slogans féministes au fond du couloir. L'anarchiste et ses appels à l'insurrection s'évanouissant sous les hurlements des geôliers. Sans ses boules Quies, le moindre bruit est un journal télévisé dont il invente les images en fermant les paupières.

Rêver, c'est un peu s'évader.

Un jour, au beau milieu d'un de ses rêves éveillés, un maton fait irruption dans sa cellule.

– Debout ! Suis-moi !

Göktay se redresse d'un bond. Un interrogatoire ? Ou bien une convocation au tribunal ? Il serait temps ! La seule perspective de sortir de son terrier, de parler avec quelqu'un, serait-ce son pire ennemi, suffit à le mettre en état d'excitation.

– Temps social ! annonce le geôlier en le guidant dans le couloir menant à une petite cour.

L'exercice, lui apprend-il, consiste à accorder aux détenus du même clan politique quelques minutes d'échanges quotidiens. Aussitôt, l'imaginaire de Göktay s'enflamme. Il se voit déjà serrer des mains, bavarder, refaire le monde.

Dehors, la lumière l'éblouit. Il doit ralentir le pas pour s'acclimater. Il n'a pas vu le soleil depuis si longtemps. Lorsqu'il rouvre les yeux, c'est pour tomber nez à nez avec quatre murs nus. La cour est vide. Personne. Un désert de béton. Le maton, resté sur le pas de la porte, explique à Göktay que, sur la liste à rallonge des «terroristes», il n'entre dans aucune catégorie. Il n'appartient ni au PKK, ni au Front révolutionnaire de libération du peuple (DHK-P), un groupuscule armé d'extrême gauche, ni à la Confrérie güleniste, ex-alliée d'Erdogan tombée en disgrâce en 2013 après des révélations sur un scandale financier éclaboussant son entourage. Göktay est un spécimen sans étiquette ni affiliation : il doit se contenter d'un «temps social» solitaire.

Le voilà de nouveau seul face à lui-même, encerclé par des murs qui ne lui offrent que l'écho désespéré de ses semelles sur le sol. Un sort aussi absurde que son arrestation. Résulte-t-il d'un dysfonctionnement administratif ou d'un savant calcul pour le faire flancher ? Dans sa tête, tout se brouille. Il ne supporte plus son enfermement ni l'incertitude à laquelle il est confronté. Il ignore quand se tiendra son procès. Aura-t-il jamais lieu ? Quatre mois, maintenant, qu'on le garde en détention préventive, sans qu'aucun acte d'accusation n'ait été clairement prononcé. C'est à la fois incohérent et injuste. Que lui reproche-t-on, à part ce présumé « soutien au terrorisme » ? De quelles preuves dispose-t-on ? Pourquoi cette obstination et cette haine envers lui ? Et quand bien même on l'accuserait d'être un membre de la guérilla, cela ne fait pas sens : il n'est pas kurde, n'a jamais touché une arme. De toute sa vie, il n'a eu aucune ambition politique, aucune velléité insurrectionnelle. Il a beau se creuser la tête, rien ne peut être retenu contre lui. Rien, à part quelques livres réquisitionnés par la police. Et encore ! Ce ne sont pas des essais sur le Kurdistan ou un manuel d'apprentissage du kurmanji, le kurde de Turquie, qui devraient faire peur au régime.

Seul au milieu de la cour vide, Göktay sent son estomac le lancer. D'une main posée sur son ventre, il tente vainement de chasser la douleur. Son corps a mal d'être piégé, instrumentalisé, manipulé. Otage d'une mascarade vraisemblablement destinée à intimider le milieu universitaire. À lui faire porter la responsabilité d'un délit qui n'en est pas un. À le briser, tout simplement. Dans cette prison de haute sécurité perdue au milieu de nulle part, même le ciel au-dessus de la petite cour est enfermé dans un grillage. Aucune issue possible. Aucun signe de vie. Il pense au monde extérieur, à ses étudiants qui lui manquent.

Finira-t-il par être condamné à les oublier, eux aussi ?

Une fois Deniz déposée à l'école, Ayla part chaque matin courir sur la rive du Bosphore. À peine lancée, elle fonce en direction du musée d'Art moderne, emprunte le pont de Galata en longeant les pêcheurs, contemple les allers-retours des *vapur* entre les deux rives. Elle pourrait passer des heures à se laisser porter par ses jambes, jusqu'à en perdre haleine. Le détroit a ce pouvoir, il atténue les idées noires en lui ouvrant ses bras bleus. Elle appelle ça la « bosphorescence », ou l'art d'oublier son chagrin dans les embruns. Certains jours, quand le souffle est encore là, elle pousse sa course, laissant derrière elle la Corne d'or, puis Sainte-Sophie et la mosquée Bleue, pour rejoindre la mer de Marmara. Par beau temps, elle aperçoit au loin les crêtes des îles des Princes. Elles flottent, suspendues au milieu du paysage turquoise. Alors Ayla s'assied en tailleur sur un rocher pour mieux les contempler. À chaque îlot sa beauté et son identité. Kinaliada, l'île du henné, en raison de la couleur de sa terre, la préférée des Arméniens. Burgazada, l'ancien village des pêcheurs grecs, Heybeliada, la plus sauvage, Büyükada, la plus grande et la plus éloignée – il faut compter une bonne heure et demie pour y accéder en bateau, depuis la pointe du Vieux Sérail. Il y a bien longtemps, sous l'empire chrétien des Byzantins, sur cet archipel aujourd'hui adulé des touristes, les monastères servaient de pénitentiaires aux monarques rebelles répudiés par le pouvoir. La religion comme prison. L'isolement comme punition. Et le temps qui tourne en boucle pour mieux recommencer.

Ayla s'est toujours demandé lesquels, des hommes ou de leurs dirigeants, avaient inventé cette manie de l'amnésie. Petite, sa grand-mère lui racontait toujours des histoires qui commençaient par « Il était, Il n'était pas ». C'est la tradition en Turquie, et elle n'a jamais compris cette façon de condamner une histoire, dès la première phrase. En français, sa langue de cœur, on se contente d'un simple « Il était une fois ». La réponse à ses interrogations est peut-être là, face à ce paysage idyllique, dans cette ville ancestrale où, à tout moment, le meilleur comme le pire peut arriver.

L'autre soir, le 28 juin, aux environs de 22 heures, trois kamikazes ont endeuillé l'aéroport international Atatürk. Le premier a activé son gilet d'explosifs au poste de contrôle. Les deux autres ont mitraillé un maximum de passagers, avant de se faire exploser à leur tour. 41 morts, 239 blessés, des milliers de voyageurs traumatisés. Le deuil national a aussitôt été décrété mais, dès le lendemain, les avions décollaient comme si de rien n'était. Kadir, qui s'envolait pour un séminaire en Allemagne, l'a appelé du terminal des départs en lui confiant qu'à part une odeur de peinture fraîche il n'avait rien remarqué de particulier. Pendant la nuit, une fois les victimes évacuées, des dizaines d'ouvriers avaient été dépêchés afin de dissimuler les traces de sang et de balles, nettoyer les sols et remplacer les vitres brisées.

C'est ça aussi, Istanbul. Mille fois blessée, mille fois pansée.

Depuis l'arrestation de Göktay, le poème « Istanbul sous la brume » de Tevfik Fikret, offert après leur rencontre, ne quitte plus Ayla. Lorsqu'elle trottine au bord de l'eau, quelques vers lui reviennent souvent en écho.

*Promesses non tenues, mensonges sans fin,*
*Justice malmenée aux portes des tribunaux, [...]*
*Bouches qu'on bâillonne, parce qu'on a peur*
*d'entendre*
*Ô Byzance abjecte, ô charmeuse insensée,*
*Ô, toi veuve encore pucelle après mille épousailles,*
*Restée si éclatante jusqu'à ce jour et qu'on*
*Ne peut contempler qu'envoûté, qu'ébloui !*

Ayla sait l'attrait magnétique d'Istanbul, de ses quartiers qui n'ont cessé d'offrir l'asile au fil des migrations, depuis les confins de l'Anatolie aux villages de la mer Noire. Elle l'admire pour sa capacité à assimiler tant de réfugiés, Irakiens, Ouïghours, Afghans, Syriens. Leur présence, source d'hostilité croissante des autochtones, a enrichi la ville d'enseignes en lettres arabes, d'odeur de *zaatar* et de *falafels* sur les trottoirs du quartier Aksaray, de nouveaux salons de thé. C'est cela qu'elle a toujours aimé : le monde entier se donne rendez-vous à Istanbul. Il suffit de se perdre dans les allées du Grand Bazar, de s'attabler à n'importe quel café pour croiser des gens d'ailleurs, exilés, touristes, hommes d'affaires en transit. Il suffit de fermer les yeux pour se laisser bercer par un méli-mélo de langues européennes, de russe, d'arabe, de persan, d'hébreu, étonnant dialogue fictif entre ressortissants de pays ennemis qui se retrouvent ici, comme si de rien n'était. Sa ville-monde a beau être fière de sa diversité, elle n'en demeure pas moins la cité de tous les dangers, hantée par un passé fait de pogroms, de massacres, d'autoritarisme en tout genre. Son histoire a prouvé qu'elle pouvait sans transition devenir ville-monstre, capable de dévorer ses propres habitants.

Un matin, en rentrant de son jogging, Ayla a poussé la porte d'une galerie d'art où étaient exposées les œuvres d'une jeune plasticienne d'Alep. Elle avait perdu tous les membres de sa famille sous un déluge d'obus et, depuis, avait fui la Syrie. Elle ne dessinait que des visages. Sur chaque tableau, composé de petits carrés de couleur juxtaposés comme des blocs de Lego, on devinait celui d'un homme, toujours le même, émergeant d'une mosaïque de gratte-ciel. Il semblait égaré, incapable de s'enraciner. Le dernier tableau était en noir et blanc. Un visage de femme, cette fois-ci, perdu dans ces mêmes immeubles sans âme. Ayla avait presque cru se reconnaître dans cet autoportrait. Elle, native d'Istanbul, n'ayant jamais fui la guerre, mais de plus en plus étrangère à sa ville.

En sortant, face à la mer de Marmara, derrière le rideau de brume qui s'élevait du sud-ouest, le détroit des Dardanelles s'ouvrait sur la mer Égée. Ayla avait immédiatement pensé à ces universitaires limogés, de plus en plus nombreux à mettre le cap vers la Grèce pour rallier clandestinement l'Europe, à bord des mêmes radeaux de fortune que les réfugiés syriens. Les jours de désespoir, elle s'imagine à son tour sur l'un de ces bateaux, ou sautant dans un avion.

Sa place n'est peut-être plus ici.

Göktay se réveille en sursaut au bruit de coups insistants contre sa porte. Le maton se tient face à lui, un paquet entre les mains.

– Tiens, c'est pour toi !

Le colis est rectangulaire, un peu lourd. Goktay hésite à l'ouvrir, de peur d'être déçu. Les semaines passées, les livres envoyés par Ayla ont tous été confisqués par le comité de censure. De ses ongles rongés, il retire le ruban adhésif déjà décollé puis replacé par l'administration pénitentiaire. Cinq livres ! *Émile ou de l'Éducation*, le traité à rallonge de Jean-Jacques Rousseau. À l'université, les tomes traînaient à longueur d'année sur son bureau. Ses collègues avaient l'habitude de le taquiner en le traitant de « révolutionnaire réchauffé ». Mais pour Göktay, la Turquie ferait bien de s'inspirer du penseur français. Entre eux, c'était devenu une coutume.

Dès qu'un professeur pestait contre les dérives autocratiques du néo-sultan, il lui lisait un extrait de l'*Émile* sur l'insoumission au dogme, la foi en l'éducation ou l'importance de l'apprentissage par l'expérience. Dans l'espoir que chaque enfant, dès le plus jeune âge, ne soit pas formaté. Ces notions lui sont chères. C'est le cœur de son combat, au sein d'une Turquie qui prône la démocratie sans jamais l'appliquer. Certains nostalgiques aiment à dire que c'était mieux avant. Mais pour Göktay, la liberté de pensée n'a jamais pleinement existé en Turquie. À chaque époque son vernis idéologique. Hier, la nation. Aujourd'hui, la religion.

Göktay se revoit écolier, dans les années 1980, forcé de déclamer des poèmes à la gloire de Mustafa Kemal, dit « Atatürk ». Atatürk, l'ex-capitaine de l'armée ottomane, « sauveur » en 1923 d'une Turquie menacée de démembrement sur les ruines de l'Empire. Atatürk, le « père » de la République indépendante et laïque, buste de bronze omniprésent dans tous les établissements. Atatürk, le « professeur », alphabétisant son peuple en faisant la tournée des villages. Une image, punaisée sur le mur de sa classe, est restée gravée dans sa mémoire : celle de

Mustafa Kemal devant un tableau noir, craie à la main, enseignant l'écriture latine en remplacement de l'alphabet plus complexe de l'osmanli, subitement banni en 1927. Derrière ladite « révolution des signes » se cachait en réalité une entreprise moins flatteuse : l'élaboration d'un récit national imposant une langue exclusivement turque, épurée de l'apport linguistique de l'arabe et du persan, et jetant l'opprobre sur les graphies arménienne, grecque ou encore hébraïque.

L'histoire que façonne aujourd'hui Erdogan s'emploie, *a contrario*, à revisiter l'ère ottomane, mais en ses propres termes. Dès qu'une occasion se présente, l'aspirant sultan remonte le temps sur les traces de Mehmet le Conquérant et de Soliman le Magnifique. Il célèbre la prise de Constantinople, se fait bâtir des mosquées aussi démesurées que son palais kitsch d'Ankara, où il reçoit avec faste ses hôtes étrangers. Admirateur d'Abdülhamid II, dont il vante à l'envi la vision pan-musulmane et arabe, il exalte le passé pour servir ses rêves de grandeur et de pouvoir. Göktay est historien : ces relectures politiques de l'Histoire, il ne peut les tolérer. Peut-être est-ce à cela aussi qu'il doit son emprisonnement ?

Dans son pays, contredire le récit officiel, c'est « trahir » la nation.

Göktay n'arrive pas à se détacher des cinq volumes de Rousseau. Un miracle qu'ils soient parvenus jusqu'à lui. La direction de Silivri a dû les confondre avec des essais de philosophie classique. À moins que, par paresse ou par manque de temps, les censeurs aient renoncé à les inspecter. Alors qu'il ouvre le premier ouvrage, une feuille s'en échappe. Dessus, un mot écrit à la main : « Courage, professeur, ne vous laissez pas mourir ! » Il reconnaît l'écriture ciselée d'Ozan, son élève le plus doué. Sous son message s'empilent les signatures de ses camarades. Ses étudiants ont pris la peine de lui écrire et de lui envoyer de quoi lire, ils ne l'ont pas oublié. Difficile de réprimer son émotion.

L'université de Bogaziçi, c'était sa vie. Une oasis de liberté dans ce pays qui fait la guerre aux idées. Le premier tome de l'*Émile* dans une main, le petit mot dans l'autre, il sent renaître en lui le feu de l'engagement.

Au fond de lui, il sait pourquoi il est là.

Resté sur le pas de la porte, le maton informe sèchement Göktay :

– Temps social !

Il se surprend à sourire. Une idée lui a traversé l'esprit. Ses cinq livres sous le bras, il suit le gardien sans broncher. La petite cour bétonnée est toujours vide. Sur un mur sont enfoncés trois clous, et il décide d'y d'accrocher quelques pages arrachées à chacun des volumes. Dans sa tête, une voix s'élève aussitôt pour interpeller ses élèves : « Ozan, voici un passage à commenter. Tiens, Can, prends cette page-ci. Eliz, lis-nous ce paragraphe en t'imprégnant des mots. » Il lui faut déployer des efforts surhumains pour convoquer leur souvenir, mais peu à peu le contour de leurs visages se dessine sous ses yeux. Bientôt, ce sont eux, ses étudiants, qui prennent la parole et l'assaillent de questions. Göktay rétorque du tac au tac.

Il déchire d'autres pages et, devant chaque feuille accrochée, réplique, argumente, déploie ses bras vers le ciel comme il le faisait lors de ses cours. Ici un conseil, là un mot d'encouragement, une remarque personnalisée. Il corrige ses élèves, les engueule, les encourage. « Concentre-toi, Ozan », « Le ton n'y est pas ! », « Doucement ! », « Plus fort ! », « Oui, oui, c'est bien ! Continue comme ça... » Göktay arrache une nouvelle page pour en lire un passage : « La faiblesse et la domination réunies n'engendrent que folie et misère. » Puis une autre : « L'homme vraiment libre ne veut que ce qu'il peut, et fait ce qu'il lui plaît. » Soudain il s'interrompt, surpris par l'écho de ses paroles sur le bitume. Dans un débit pareil à celui d'une fontaine, les mots jaillissent naturellement de sa bouche. Parfaitement articulés, ordonnés, rassemblés. Des mots semblables à des fenêtres ouvertes sur le monde. Une sensation de plénitude l'envahit. Il n'est pas devenu muet, comme il le craignait. Dans sa bouche, chaque lettre est à sa juste place. Chaque virgule. Chaque point pour la respiration. Alors que sa voix s'élève dans la cour, les tirades ricochent d'un mur à l'autre. « Vivre est le métier qu'il veut apprendre à son élève », lit-il encore. Des images lui reviennent. Il se revoit dans le grand amphithéâtre plein à craquer. Les intellos. Les pas contents. Les étourdis. Les fayots. Les retardataires. Les bavards. Les d'accord et les pas d'accord. Les amoureux qui se bécotent en douce, tout au fond de la salle, pendant que lui, le professeur, continue à clouer des textes sur le grand mur.

Planté à l'entrée de la cour, le maton hausse le ton. Il est temps de retourner en cellule ! Göktay ne l'entend pas. Il parle. Il parle encore et encore, remplissant à lui seul le silence de la cour. Tandis que l'homme le tire par la manche, il continue. Il parle au singulier, au pluriel, au nom de tous ses élèves, et plus rien ne lui importe. Il sent à peine les coups de botte frapper ses tibias. Ne perçoit pas sa chute lorsqu'on le jette au fond de sa cellule. Il a mal mais ne se plaint pas. Il a retrouvé sa voix. Il a retrouvé ses étudiants. Ses livres. C'est tout ce qui compte à présent. Cette sensation de liberté. D'infinie liberté.

À moins qu'il ne soit devenu fou ?

Pas besoin d'être emprisonné pour sentir la folie vous rattraper. Le 15 juillet 2016, vers 22 heures, Ayla est réveillée par une rafale de notifications sur son portable. « Istanbul attaquée », « Panique au centre-ville », « Le pont du Bosphore pris d'assaut ». Un nouvel attentat de Daech ? La veille au soir, un camion-bélier a endeuillé la ville française de Nice en plein 14 Juillet. Avec Deniz, elles avaient passé le début de soirée sur leur balcon, à admirer le pont qui relie les deux rives du Bosphore s'illuminant en bleu-blanc-rouge par solidarité.

Ayla fonce à la fenêtre du salon. Le pont a cessé de clignoter et il est étrangement vide. Aucune voiture. Dans la pénombre, elle croit apercevoir des tanks, agglutinés à l'entrée. Un concert de klaxons remonte du quartier Besiktas. Les militaires ont dû intercepter un véhicule piégé. Son téléphone vibre. C'est un message de Kadir : « L'armée prend le pouvoir ! » Elle le rappelle, sans succès. Sur l'appli WhatsApp, elle reçoit une photo : des soldats prêts à tirer et, à leurs pieds, des rangées de policiers plaqués au sol.

Des salves remontent d'un coup vers son appartement. Le vacarme provient de Taksim. Depuis son balcon, Ayla entend un voisin crier. « Ça tire dans tous les sens ! C'est la guerre ! » Ayla tente une nouvelle fois de joindre Kadir, mais il n'y a plus aucune tonalité. Elle se rabat sur le fil de Twitter, sans succès. Facebook ne répond pas plus. YouTube est bloqué. Soudain, une énorme détonation la propulse au sol. Il ne manquait plus que le ciel lui tombe sur la tête. L'armature de la fenêtre gît à côté d'elle, arrachée par l'impact du souffle. Dans les bris de verre éparpillés sur le parquet, elle ramasse son téléphone, puis se précipite dans la chambre de Deniz. Calée contre ses doudous, la petite dort comme un bébé, les « chewing-gums » de son papa enfoncés au fond de ses oreilles.

Une détonation retentit de nouveau, comme un bombardement cette fois-ci. Envie de prier, d'implorer Dieu, en turc, en français, en langue des signes, elle qui s'est toujours vantée d'être athée. Plaquée sur le corps de sa fille, Ayla tente de se raisonner. Il faut sortir de la chambre avant que les murs ne se remettent à trembler. Elle porte Deniz jusqu'à la salle de bains, le refuge le plus sûr qui lui vienne à l'esprit, au centre de l'appartement. Elle attrape quelques serviettes, matelasse le fond de la baignoire. Nouvelle déflagration. Bourdonnement dans les oreilles, et dans le ciel, le bruit d'un avion. Puis le silence. Blottie contre son enfant qui s'est réveillée en hurlant, Ayla profite de l'accalmie pour réactiver son téléphone. L'écran se rallume. Internet est de retour. Ayla sonde Twitter, à l'affût d'informations. Des avions de chasse F-16 capturés par les putschistes ont franchi le mur du son. À Ankara, le Parlement a été bombardé, le chef d'état-major, pris en otage. Ayla rampe à quatre pattes jusqu'au salon et allume la télévision. Des soldats armés ont remplacé le présentateur de Habertürk. Il est bientôt minuit et ils annoncent avoir pris le contrôle du pays et créé un « conseil de la paix » pour « rétablir la démocratie ».

Deux heures plus tard, le grondement des avions s'apaise enfin. Ayla s'efforce de retrouver son souffle.

Son amie Nevra lui envoie un message – « Tout va bien ? » –, puis lui intime de regarder CNN Türk. Sur le plateau, la présentatrice brandit son smartphone en affirmant avoir établi le contact avec Erdogan. Ayla croit rêver lorsqu'elle reconnaît le président à l'écran. D'une voix d'outre-tombe, le visage à moitié visible, il s'adresse à la population depuis sa villégiature de Marmaris. Il implore les Turcs de descendre dans la rue pour déjouer le *darbe*, le coup d'État. « Je presse les Turcs de se réunir sur les places publiques, et dans les aéroports. Il n'y a pas de pouvoir plus fort que le pouvoir du peuple ! »

Aussitôt, un épais brouhaha remonte de Taksim, convoyant jusqu'au salon l'écho des youyous, des cris et des coups de feu. L'appel à la prière s'échappe des minarets. Comment comprendre les images qui défilent à la télé ? Des foules escaladent les chars. Des citoyens s'attaquent à des militaires désarmés sur le pont du Bosphore. Une unité de l'armée turque se rend en direct aux forces de sécurité régulières. Des embouteillages monstres se forment aux abords de l'aéroport Atatürk. Surexcitée par son scoop, la présentatrice commente chaque séquence comme un match de foot. Elle jubile en annonçant qu'Erdogan s'apprête à atterrir à Istanbul pour rejoindre « son peuple » et le sauver des « complotistes ». Des milliers de personnes piétinent dans le terminal des arrivées dans l'attente de son discours. À sa descente d'avion, d'un ton à la fois enflammé et menaçant, il s'adresse aux soldats putschistes, ces « traîtres » qui auraient agi sur ordre du prédicateur en exil Fethullah Gülen, son ex-allié politique. « Et le prix de leur trahison de la patrie, ils devront le payer au prix fort, lance-t-il à ses partisans. Laissez-moi vous le dire d'avance : ceci est un gouvernement qui est venu au pouvoir par le vote de la nation, et ce sera leur fin... C'est un don de Dieu. Ce sera une occasion de nettoyer l'armée turque ! »

Le téléphone d'Ayla s'excite. Sur le groupe WhatsApp des professeurs de Galatasaray, chacun y va de sa petite phrase. « Et après ? » s'interroge un jeune collègue. Un retraité se remémore les derniers *darbe* – 1960, 1970, 1980. Dans cette Turquie familière des putschs militaires, l'armée s'est toujours voulue gardienne des valeurs républicaines et laïques. Dès qu'elle sent l'équilibre vaciller, elle se soulève pour faire rempart. « Cette fois-ci, le coup d'État a échoué... » commente-t-il. « Et vous ne trouvez pas ça étonnant?» enchaîne une consœur, convaincue que l'opération ratée était planifiée, qu'elle a été fabriquée de toutes pièces pour renforcer la popularité d'Erdogan.

Coup avorté ou coup monté? Ayla n'en sait rien. Seule sa fatigue est bien réelle. Elle éteint son téléphone et rejoint sa fille dans la salle de bains pour s'assoupir contre elle.

Deniz la réveille dès l'aube. En larmes.

– Maman, Kamar a disparu !

Ayla sursaute, le corps endolori par une nuit de mauvais rêves.

– Kamar, Kamar… Kamar ! hurle la petite.

Sa mère tente de l'apaiser en la serrant contre elle. Son chat ne doit pas être bien loin, caché sous un lit ou derrière le canapé.

– Viens, donne-moi la main, on va le trouver…

Mais le chat n'est nulle part. Ni dans la cuisine. Ni dans les chambres. Ni dans le placard où il se faufile parfois pendant l'orage. À chaque appel, seul le silence répond. Le même silence qui assomme Istanbul ce matin. Dans le salon aux vitres brisées, Ayla reprend ses esprits. Évidemment, le chat a dû s'enfuir par la fenêtre. Deniz supplie sa mère : il faut rédiger des avis de recherche, les placarder partout dans le quartier !

– Maman, imprime sa photo, s'il te plaît…

Ayla s'exécute sans conviction. C'est pourtant l'usage, à Istanbul. Chaque fois qu'un chat est perdu, son minois se démultiplie à l'infini sur les murs. Elle s'est toujours étonnée de cet engouement pour les félins dans cette ville où les hommes sont capables entre eux des pires violences. Ça a toujours fait rire Göktay. Il a l'habitude de dire que l'énergie qu'il déploie pour faire bouger les lignes avec ses pétitions ne peut être vaine auprès d'un peuple aussi aimant envers les animaux. Que l'espoir de ce pays réside sans doute dans l'adoration sans borne qu'on leur voue. Chats de rue ou chats perdus, ils ne manquent jamais de rien en Turquie – croquettes dans des écuelles entassées au pied des immeubles, abris gracieusement installés par la municipalité. Ce culte remonte à l'époque ottomane, quand les sultans avaient compris l'intérêt de protéger les chats pour chasser les rats de Constantinople. L'année précédente, des riverains ont même financé la création d'une sculpture pour honorer la mémoire de l'un d'eux, Tombili, devenu la mascotte de la rive asiatique. Quelques semaines plus tard, l'anecdote avait servi de parfait prétexte pour convaincre Ayla d'adopter Kamar. Göktay et Deniz l'avaient trouvé dans le caniveau, un soir, en rentrant de l'école. Il tremblait de tous ses poils et ses yeux suintaient de sang. À la clinique du quartier de Cihangir, le vétérinaire l'avait pris en urgence. Une fois le chat soigné, il avait fait promettre à la fillette de bien s'occuper de lui. De retour à la maison, Ayla n'avait pas eu d'autre choix que d'accepter la bête. Sa seule condition : choisir son nom. Kamar, « lune », en arabe.

Dans la mémoire photo du téléphone de sa mère, Deniz choisit un cliché de son petit félin, allongé comme un « pa-chat » sur le sofa du balcon. Ayla prépare du papier et fait démarrer l'imprimante. Elle a peu d'espoir en cette chasse au matou. Dans son malheur, c'est le dernier de ses soucis. Mais les larmes de sa fille sont une raison suffisante d'essayer.

Dans les rues désertes qui dégringolent vers le Bosphore, Deniz et Ayla s'empressent de coller des affichettes ici et là. Soudain, la petite s'arrête. Sur un poster du président, accroché à un balcon, on peut lire en anglais : « *You will never walk alone*, RTE » (« Vous ne serez jamais seul, Recep Tayyip Erdogan »). Surprenante intrusion dans ce quartier d'Istanbul connu pour être un bastion de l'opposition.

– Il l'a échappé belle !

De l'autre côté du trottoir, assis sur un banc, un octogénaire les observe d'un œil amusé.

– Un dictateur qui sauve sa peau grâce aux réseaux sociaux qu'il a toujours censurés ! Même Hollywood n'aurait pas imaginé un tel scénario !

Deniz sourit, charmée par le vieil homme, et s'empresse de lui tendre une photo de son chat.

– Tu sais, petite, j'en ai connu, des coups d'État. De mon temps, les putschistes étaient mieux organisés... Ils attendaient que tout le monde dorme sur ses deux oreilles pour se soulever et arrêter le Premier ministre en pyjama. Le lendemain matin, on se réveillait dans un nouveau pays, régi par de nouvelles lois. Un *darbe* avant la nuit tombée, on n'a jamais vu ça !

Ayla tire Deniz par la main, ce n'est pas le moment de s'attirer des ennuis.

– Allez, viens, on va poser des affiches à l'arrêt du tramway !

En contrebas, elles tombent sur quelques badauds agglutinés comme des guêpes autour d'un distributeur de billets. La machine hoquette avant de se bloquer. Dans la panique de l'après-putsch, trop de personnes ont dû retirer de l'argent. Furieux, un jeune homme donne des coups de pied dans l'appareil. Mère et fille s'éloignent illico. Le long du Bosphore, Deniz poursuit son affichage sur les vitrines des échoppes, encore fermées pour la plupart. Un peu plus loin, le rideau de fer de leur troquet préféré n'est qu'à moitié levé. Deniz se glisse dessous et Ayla courbe le dos pour la suivre. À l'intérieur, aucun client. Attablé au bar, le patron leur tourne le dos, la tête entre les mains. Seul avec sa radio, il est absorbé par les dernières nouvelles qui pleuvent dans sa tasse à café : une centaine de putschistes abattus, des soldats rebelles en cavale, des centaines de militaires neutralisés et arrêtés, des fonctionnaires inculpés, des hommes d'affaires inquiétés. « La tentative de putsch a été mise en échec », mouline d'une voix martiale le chef de l'armée par intérim. Le présentateur affirme que Fethullah Gülen a ourdi le putsch depuis son exil en Pennsylvanie. Le prédicateur turc de soixante-quinze ans y dirige la puissante confrérie güleniste, une sorte d'équivalent de l'Opus Dei très influente au sein de l'appareil d'État turc, à la tête d'un vaste réseau d'écoles, d'ONG, d'entreprises, de médias. Longtemps, Gülen a travaillé main dans la main avec Erdogan, pour écarter la vieille garde kémaliste en purgeant de l'intérieur la justice et l'armée. Jusqu'à ce que les deux alliés commencent à s'entre-déchirer. Mais de là à vouloir renverser Erdogan… Même la plus expérimentée des diseuses de bonne aventure n'aurait pu imaginer que le vieil imam en exil se retournerait si radicalement contre son adversaire.

Deniz s'impatiente :

– C’est ouvert ?

L’homme ne bouge pas, figé dans l’écoute du bulletin radio. La fillette répète sa question et, cette fois-ci, il répond.

– Qu’est-ce que je peux faire pour vous ?

Il a un regard que plus rien ne surprend.

– Deniz a perdu son chat. Accepteriez-vous que l’on colle des affichettes sur la vitrine de votre café ? répond Ayla.

Les yeux de l’homme s’illuminent aussitôt.

– Bien sûr !

Accroupie sous une table, Deniz a déjà déroulé ses feuilles, entourée d’une dizaine de chats de rue attirés par leurs voix. Comblée par leurs caresses, elle leur dresse un portrait détaillé de Kamar. Ses yeux amandes, son poil blanc aussi doux qu’une peau de pêche, avant de lancer sur un ton des plus sérieux un « miaou » plein d’emphase. Depuis toujours, Deniz prétend maîtriser le jargon des chats, plus passionnant que le bla-bla de ses parents, surtout quand ils parlent politique.

Elle a peut-être raison, se dit Ayla.

Si tout le pays parlait la langue des chats, on n’en serait pas là.

En quelques jours, Istanbul a retrouvé ses couleurs en trompe-l'œil. Aux abords de la place Taksim, les parasols des restaurants débordent des trottoirs. Les Stambouliotes savourent l'été, malgré tout. Encore sonnée, la ville respire, crâne, ricane, à l'image de ce nouveau concept-store exhibant ses tee-shirts frappés du hashtag «*They call it chaos, we call it home*». Ayla en achète un et l'enfile sur son débardeur. À défaut de comprendre son pays, elle en endosse la tragédie. L'ironie sauve, surtout avec une enfant qui enchaîne les «C'est quoi?» face aux quelque deux cents portraits de victimes du coup d'État affichés sur la place.

– Maman, c'est quoi un martyr? interroge-t-elle ainsi.

Il va falloir redoubler d'inventivité pour épargner à la fillette le spectacle que le pouvoir tente d'imposer.

Depuis qu'Erdogan a décrété que le putsch était un « don de Dieu », un vocabulaire religieux et mortifère déteint peu à peu sur la ville. Elle cherche encore sa réponse que la petite la questionne déjà sur un autre mot, « démocratie », suspendu en lettres capitales au-dessus de Taksim. La démocratie : ce nouveau terme à la mode, décliné à toutes les sauces, sur les panneaux, dans les journaux pro-gouvernementaux et sur les lèvres du président. Comment lui expliquer qu'en Turquie la définition du mot varie en fonction de celui qui le prononce ? Derrière les jus de fruits et les ballons gratuits, la communion festive est aussi fictive que la probabilité de retrouver Kamar.

Dès les premiers jours de l'après-coup d'État, la plupart des partis d'opposition ont pourtant convergé d'une seule voix vers Taksim. À l'unisson, ils ont dénoncé la tentative de renversement du pouvoir et condamné le bombardement du Parlement. Ils ont voulu croire en une réconciliation collective, tous unis face au même adversaire, le réseau güleniste, dont les méthodes douteuses d'infiltration de l'appareil d'État ont toujours été décriées par les opposants. Ils ont tenté de faire passer un message à Erdogan : faire table rase du passé, alléger la censure, libérer les détenus politiques et les prisonniers d'opinion, comme Göktay. Mais ils ont vite déchanté. Ayla la première.

Sans nouvelles de son mari depuis la nuit du 15 juillet, elle se demande comment il vit les événements depuis le centre pénitentiaire de Silivri, qui déborde de nouveaux arrivants. En moins de deux semaines, des milliers de sympathisants de Gülen ont été limogés, écroués, arrêtés, parmi lesquels des juges, des procureurs, des hommes d'affaires, des associatifs, des journalistes. Les purges, menées de façon très méthodique, laissent penser que des listes étaient déjà prêtes, que le putsch a servi d'alibi pour écarter cet ex-allié trop encombrant d'Erdogan et cibler, d'une pierre deux coups, la moindre voix dissonante.

L'épuration en marche est sans limites. Des personnes sont poursuivies pour avoir simplement placé leur argent dans une banque accusée de proximité avec la mouvance güleniste. Les dernières télévisions indépendantes mettent la clef sous la porte. De « bons » citoyens sont encouragés à surveiller leur entourage. L'autre soir, un ami bouquiniste d'Ayla a été « dénoncé » par un client pour avoir vendu un recueil du caricaturiste brésilien Carlos Latuff, auteur d'un portrait peu flatteur d'Erdogan. « Outrage au président ! » a tranché le juge. Dans l'attente de son jugement, le pauvre homme est contraint de pointer chaque semaine au commissariat de son quartier.

Pendant ce temps, le visage d'Erdogan se démultiplie à travers la ville. Ayla n'en peut plus de croiser sa moustache dès qu'elle lève la tête vers l'un des écrans géants installés aux quatre coins d'Istanbul. Maintenant qu'il a décrété l'état d'urgence, le reis légifère par décrets publiés chaque matin au *Journal officiel*, invoque le rétablissement de la peine de mort qu'il avait lui-même abolie, appelle de ses vœux la relance de la démolition du parc Gezi tout comme l'accélération de la construction de la mosquée de Taksim. Désormais, toute décision lui incombe, y compris celles de nommer directement les recteurs d'université ou de remplacer au pied levé certains maires kurdes du Sud-Est par des administrateurs de son choix. À sa demande, le pont du Bosphore a été rebaptisé pont du « 15-Juillet » afin de servir le nouveau récit national sur le « triomphe de la démocratie ».

Ayla sent le danger se rapprocher. À la fin du mois de juillet, elle reçoit une lettre avec, au verso, le tampon du YÖK, le Conseil supérieur des universités. Quelques lignes sommaires pour lui annoncer son interdiction de sortie du territoire. Sans préavis, elle est assignée à résidence, à l'instar de tous les autres fonctionnaires du pays, au nom de la défense de la Patrie. Le papier lui tombe des mains et elle croit elle-même tomber, écrasée par le poids d'une angoisse qu'elle n'arrive plus à refouler. Et si elle aussi finissait en prison, accusée de complicité de «crime», ou de «crime par alliance» dans ce pays qui s'invente des ennemis à volonté ? Qui prendrait soin de Deniz ? Ayla appelle en urgence l'avocate. Après plusieurs tonalités dans le vide, aucune messagerie ne se déclenche. Ayla raccroche, rappelle. Plusieurs fois. Au bout d'un moment, la ligne finit par couper définitivement.

Dès lors, la paranoïa enfle, incontrôlable. Un bruit au pied de l'immeuble, une sirène déclenchée par l'atterrissage raté d'un goéland sur la carrosserie d'une voiture, une porte qui claque, une autre restée ouverte, sans doute parce que le voisin d'en face a été arrêté, tout l'effraie et l'oppresse. Chaque soir, malgré la chaleur pesante de l'été, Ayla ferme les fenêtres, tire les rideaux et barricade la porte d'entrée en calant derrière elle un carton, une pile de livres, tout ce qui lui tombe sous la main. Elle a peur qu'on lui arrache sa fille. Peur qu'on débarque chez elle en pleine nuit, parce qu'un voisin ou mouchard aura donné son nom à la police, au simple motif que son visage ne lui revient pas. Il est là, le danger : dans les regards qui vous entourent et vous observent, dans ces caméras de vidéosurveillance qui poussent au coin des rues et à l'avant des taxis.

La ville est devenue une armée invisible de citoyens zélés.

Dans cette Turquie sans issue, Kamar demeure introuvable. Deniz persiste. Le jour de la rentrée des classes, le 19 septembre, elle trouve le moyen de distribuer des affichettes de son chat à tous ses camarades. L'institutrice lui intime l'ordre de les ranger immédiatement. Inimaginable de voler la vedette au reis en ce jour particulier ! Petite soldate face à l'autorité, elle finit par s'exécuter.

Dès la sortie des cours, elle se jette sur sa mère.

– Maman, ce matin, on a prié tous ensemble, à l'école !

De son cartable, la fillette sort une brochure à la gloire des « martyrs » du 15 Juillet.

– La prière, c'était pour eux, poursuit-elle.

Pour eux aussi, la minute de silence observée dans la cour de récréation. Puis la projection d'un clip déversant des images de foules retenant les tanks et d'échanges de tirs sur le pont du Bosphore, mixé avec la voix d'Erdogan récitant l'hymne national.

– Ça, j'ai moins aimé. Ça faisait super peur.

Ayla tire sa fille par la main, en se pinçant de l'autre pour ne pas craquer. Une fois assise dans le tramway, elle jette un œil sur le fascicule distribué dans toutes les écoles. Présent et passé se juxtaposent au service d'une nouvelle mythologie nationale. Les « soldats » civils ayant déjoué le putsch y sont assimilés aux héros turcs des grandes batailles telles que celle des Dardanelles, du temps des Ottomans, ou encore de la guerre d'indépendance de 1919-1923. Comme si leurs exploits s'inscrivaient dans la continuité de la « grande » histoire du peuple turc. Toujours victorieux. Toujours debout face à l'ennemi. Prêts à affronter un avenir qu'Erdogan promet radieux et meilleur.

Au terminus de Kabataş, Ayla prie Deniz de l'attendre un instant au kiosque à journaux. Elle a repéré la une de *Cumhuriyet*, l'un des derniers quotidiens indépendants. Les gros titres reviennent sur l'hécatombe qui touche son corps de métier depuis le coup d'État : quelque 30 000 enseignants limogés, sur un total de 90 000 fonctionnaires. La purge va bien au-delà des écoles gülenistes, toutes fermées. Dans les zones kurdes, de nombreux instituteurs sont accusés d'accointance avec le PKK. Limogés aussi, ceux qui ont osé arborer un tee-shirt barré de l'inscription « Touche pas à mon prof », ainsi que ceux des signataires de la pétition pour la paix qui avaient jusqu'ici été préservés. Depuis que le président a repris la main sur les universités, les professeurs sont plus que jamais dans sa ligne de mire.

Au fil de sa lecture, Ayla tombe sur un encart consacré à son mari. Le journaliste y mentionne la crainte que d'autres universitaires, comme lui, ne soient à leur tour arrêtés. Il évoque, sans s'étonner, le silence de nombreux confrères à son sujet, murés dans leurs propres peurs, noyés dans un quotidien fait d'humiliations, tandis que de jeunes professeurs non qualifiés sont arbitrairement désignés pour les remplacer.

Ayla agrippe la petite main de sa fille, sans acheter le journal.

– Viens, dit-elle d'une voix lasse, on rentre à la maison.

En remontant la rue, les questions se bousculent dans sa tête. Et si cette chasse aux sorcières contre les enseignants n'était qu'un prétexte pour accélérer la révolution culturelle du Sultan ? Toutes ces années, Ayla a voulu y voir une tentative de façonner une « jeunesse pieuse » en supplantant les valeurs séculaires d'Atatürk. Aujourd'hui, elle comprend que c'est bien pire encore. Qu'il s'agit désormais d'une guerre pour le contrôle de la pensée. Une guerre sournoise, sans blessures apparentes, dont son mari fait injustement les frais. Qui se soucie qu'elle soit sans nouvelles de lui depuis le coup d'État ? Qu'elle ne sache rien de sa réclusion, de ses nuits, de ses conditions de vie ? Qui se préoccupe de savoir pourquoi le droit de visite lui a été retiré ? La foule des anonymes qui grouille sur Istiklal n'a aucune idée de sa souffrance et de celle de son mari. Elle leur en veut de ne pas partager leur peine. Elle leur en veut autant qu'ils lui font pitié : tous courbent l'échine sous le poids d'informations falsifiées que leur sert la télévision à longueur de journée.

En arrivant chez elles, Ayla et sa fille ont la surprise de trouver Nevra sur le pas de la porte. Son visage est livide, ses lèvres serrées.

– Je suis passée vous dire au revoir.

Ayla a compris. Son amie, sa sœur de cœur, si combative et pétillante, quitte la Turquie.

– J'ai été virée la semaine dernière, par décret présidentiel. C'est une consœur qui m'a prévenue. Un matin, elle a vu mon nom publié dans le *Journal officiel*…

Ayla l'entraîne dans la cuisine pour épargner Deniz. Nevra sort de sa poche un bâton de cannelle qu'elle se met à mastiquer.

– Je vais finir par me remettre à fumer.

À l'université de Kocaeli, au bord de la mer de Marmara, vingt autres professeurs signataires de la pétition pour la paix ont été radiés comme elle par décret-loi. Le recteur, un proche de l'AKP, a lui-même préparé la liste des personnes à limoger.

– J'ai presque été soulagée, confie-t-elle.

Mais depuis, sa vie a viré à l'enfer – plus de salaire, plus d'assurance sociale, plus de passeport et, surtout, l'impossibilité de trouver du travail.

– Sur les quelque cinquante CV que j'ai envoyés, je n'ai reçu aucune réponse positive. Parfois, pas de réponse du tout. Quel employeur se risquerait à engager un « suppôt du terrorisme » ? ironise-t-elle.

Nevra prend les mains d'Ayla dans les siennes et lâche :

– Tu le sais, toi, ce que ça fait tout ça. Tu comprends. Je pars surtout pour mon fils. Il a seize ans, il mérite mieux que cette vie-là. Dans son lycée, tout est formaté. Tu as vu cette propagande sur le coup d'État ? Je n'aime pas ça. Il paraît que de nouveaux programmes sont déjà en préparation. Ils vont en profiter pour retirer la théorie de l'évolution des cours de biologie. Les leçons de morale et de religion vont être renforcées. Bientôt, la notion de djihad sera enseignée à l'école. Dans mon quartier, ils ont déjà remplacé un lycée par un *imam hatip*, tu sais, ces établissements religieux. Ah, et tu connais la dernière ? On dit qu'Erdogan veut reconvertir Sainte-Sophie en mosquée ! Pour islamiser les hommes, il islamise les pierres !

Elle s'interrompt un instant puis murmure :

– Tu te rappelles mon ex-mari, Erol ? Il vit à Athènes depuis deux ans. J'ai déjà pris un billet d'avion pour notre fils. Il s'envole ce soir.

– Et toi ? demande Ayla.

– Moi, j'ai trouvé un passeur de confiance à Izmir. Il m'a réservé une place sur un canot pneumatique. Demain, à cette heure-ci, je serai sur une île grecque.

Ayla retient ses larmes. Elle aimerait dissuader Nevra de partir, lui dire qu'elle a besoin d'elle, de leur amitié. Mais elle se tait car elle sait qu'elle fait le bon choix.

– Sois prudente, lui glisse-t-elle.

Nevra se lève et la serre dans ses bras.

– Tu te souviens, quand le club de sport nous forçait chaque année à faire la traversée du Bosphore à la nage ? Eh bien, ça pourrait enfin me servir !

Dans un rire triste, les deux amies s'embrassent une dernière fois. Par la fenêtre, Ayla regarde Nevra filer sous la pluie.

L'automne, se dit-elle, n'a jamais si bien porté son nom : *sonbahar*, « le dernier printemps ».

La nouvelle est arrivée par texto, signé par une certaine Fatma : « Chat retrouvé. Passez quand vous voulez. » Ayla n'a pas fini de lire le message à haute voix que Deniz sautille de joie au milieu du salon. Les bras en hélice, elle tourne sur elle-même comme un mini-derviche quand un second message tombe. Leur sauveuse précise qu'elle habite Tophane, ce vieux quartier où cohabitent familles pieuses et hipsters branchés, à deux pas de l'école. Ayla commande illico un taxi. Dans la précipitation, sa fille en oublie son manteau et le sachet de croquettes gardé précieusement pour Kamar depuis sa disparition.

Quelques minutes plus tard, la voiture les dépose dans une rue populaire, traversée par des cordes à linge où pendent une colonie de nuisettes et de sous-vêtements. Au pied d'un immeuble en briques, un vendeur ambulant d'artichauts leur confirme que c'est bien là que vit Fatma. Deniz appuie sur la sonnette en chantonnant « Kamar, Kamar ! » jusqu'à l'ouverture de la porte.

Au rez-de-chaussée, une rangée de souliers les accueille. Elles retirent les leurs pour enfiler les petits chaussons réservés aux invités, comme il est d'usage dans les maisons stambouliotes. L'appartement est modeste, exigu. À la fenêtre du salon, meublé d'un simple canapé-lit, un ouvrier perché en haut d'un escabeau s'active à remplacer les panneaux provisoires de plexiglas par de nouvelles vitres. Ici non plus, les fenêtres n'ont pas résisté au survol des F-16.

– J'arrive, j'arrive ! lance une voix du fond du petit couloir.

Dans le contre-jour, Ayla aperçoit juste une silhouette qui s'avance vers elle la main tendue, puis finit par distinguer un visage encadré d'un foulard noir tombant jusqu'aux épaules. Celui d'une jeune femme aux grands yeux vert amande. Ayla peine à cacher son trouble. Son rapport au voile est complexe depuis ses années d'étudiante.

Soudain, elle entend Deniz crier :

– Maman, regarde, il m'a reconnue !

Caché sous un pan du voile de Fatma, Kamar a étiré sa patte gauche vers la fillette. Deniz s'approche. Son autre patte est entièrement bandée.

– C'est une entorse, la rassure Fatma. Je l'ai retrouvé tout tremblant à l'entrée de ma rue. Il n'arrêtait pas de miauler. J'ai cru qu'il avait faim, je lui ai donné un bout de *simit*. Mais il ne bougeait pas. Et là, j'ai vu qu'il était blessé. Alors je l'ai emmené chez le vétérinaire.

Deniz n'ose pas le toucher.

– Ne t'inquiète pas, il va mieux, ton petit chat. Encore quelques jours et il remarchera, *inchallah*, reprend la jeune femme.

L'enfant jubile de soulagement et attrape délicatement l'animal.

– Et mon affiche, où l'avez-vous vue ? s'enquiert Deniz.

– Oh, je suis tombée dessus pas loin de la mosquée de Tophane. Je sortais de la prière pour les martyrs du 15 Juillet. J'ai glissé l'avis de recherche dans mon sac en me disant : On ne sait jamais. Et puis, quelques semaines plus tard, j'ai croisé ton chat. J'ai immédiatement pensé : C'est un don de Dieu.

Ayla est restée en retrait. À la fois reconnaissante et déroutée. Dans les paroles de Fatma, elle entend celles d'une partisane du président.

– Voici la petite crème à lui mettre tous les jours, poursuit Fatma d'une voix douce et posée. Je suis certaine que tu prendras bien soin de lui. Tu sais, ton Kamar a la chance de t'avoir. Comme toi, tu as la chance d'avoir tes parents pour te protéger.

Son petit chat serré contre elle, Deniz répond :

– Mon papa, il est mort.

Ayla sent le sol se dérober sous ses pieds.

– Quand on part en voyage et qu'on ne revient pas, on finit par mourir, poursuit la petite.

Ayla ne sait quoi dire, quoi faire. Göktay n'est pas mort ! À force de l'attendre, sa fille a fini par le ranger au panthéon des « martyrs ». Elle l'attrape vivement par le bras.

– Nous devons y aller.

– Mais... je n'ai même pas eu le temps de vous offrir une tasse de thé, lance Fatma.

– Désolée, il se fait tard.

Elles sont déjà dans l'escalier.

Une fois dans la rue, Ayla stoppe sa fille et s'agenouille face à elle.

– Deniz, crois-moi ! Papa est vivant, je te le jure !

Du haut de ses sept ans, Deniz se cramponne à son chat.

– Tu mens ! Tu mens !

Puis la petite mitraille sa mère du regard, la défie :

– S'il est vivant, alors je veux le voir !

Ayla ne peut pas ignorer la colère de sa fille. Elle doit l'emmener voir son père. Il faut qu'elles le voient, toutes les deux. Vivant. Debout.

Les semaines suivantes, Ayla enchaîne les coups de fil à l'avocate, toujours sans succès. Elle fait plusieurs fois le détour par son bureau. Elle sonne. Aucun signe de vie. Pas même un message sur sa porte. Ce silence l'inquiète. Où est-elle ? Que lui est-il arrivé ? Ayla finit par se résigner et s'en remet à la liste d'avocats commis d'office par le tribunal. Elle pioche le premier nom qui vient, compose son numéro. Un homme décroche immédiatement. Son ton est sévère mais il semble avoir le bras long. Au bout de quarante-huit heures, il la rappelle avec des nouvelles rassurantes : Göktay est toujours à Silivri. Grâce à son entregent, il a convaincu le juge de leur accorder, dès le lendemain, un « droit de visite familiale ».

– C'est bien parce que vous y allez avec votre fille, insiste-t-il. Vous savez combien la famille et les enfants sont précieux aux yeux de notre président !

À l'arrivée sur Silivri, les postes de contrôle et les fouilles ont décuplé. Ayla ne se fera jamais à ces obstacles. Elle pense à l'opposant kurde Selahattin Demirtas, récemment arrêté. Elle admire son épouse, si stoïque dans ses interviews sur YouTube lorsqu'elle évoque les 1 600 kilomètres qu'elle parcourt chaque semaine entre Diyarbakir, sa ville, et Edirne, à la frontière grecque, où il est incarcéré.

Elle jette un coup d'œil dans le rétroviseur. Calée à l'arrière du véhicule, son doudou sur les genoux, Deniz a le nez collé à la vitre et semble impassible face à tous ces policiers armés jusqu'aux dents, identiques à ceux qu'elle croise au quotidien devant son école et dans le métro. Grandir en Turquie, c'est faire de l'anormalité la normalité. C'est adopter l'orage. Sublimer le soleil à la première éclaircie. En fait, plus rien n'impressionne Deniz, ni le visage anxieux de sa mère ni celui de toutes les autres épouses de prisonniers qu'elles croisent dès leur arrivée. La petite s'imagine dans un aéroport, prête au grand décollage. Dans sa tête, elle part en voyage pour retrouver son papa.

Une fois dans la salle d'attente, Deniz s'assied en tailleur devant la porte. Elle fait le guet, prête à bondir. Leur nom résonne enfin dans la pièce, et une porte s'ouvre sur un couloir sombre, qui les mène à une pièce exiguë, meublée du strict minimum – une table et trois chaises. Elles s'y installent en silence. Deux minutes plus tard, Göktay entre par la porte opposée, escorté par deux gendarmes, qui lui enlèvent les menottes. Deniz pousse un cri de joie et saute au cou de son père. Elle le veut rien que pour elle. Respirer son odeur. Se lover contre lui pour sceller sa « bulle d'amour ». Dans son regard d'enfant, c'est tout ce qui compte. Son papa. Sa présence. Sa joue contre la sienne. Le reste, elle ne le voit pas. Elle ne voit pas la détresse dans ses yeux. Elle ne voit pas son buste amaigri. Elle ne voit pas le tas d'os qu'est devenu Göktay. Ayla, elle, a tout vu. Et elle ne reconnaît plus son mari. Elle ne reconnaît pas ce sourire de façade. Elle ne reconnaît pas cette ride creusée entre ses yeux. Cette ride entre elle et lui. Et dedans, il y a quoi ? Derrière ce visage éreinté, que se cache-t-il ? Des rêves brisés ?

Elle se rapproche timidement. Surtout, ne pas gâcher ces retrouvailles entre père et fille. Ne pas se laisser démonter par les lèvres sèches et les cheveux blancs du fantôme qu'est devenu son mari. Elle se retient de flancher en voyant son corps se plier de douleur sous le poids de Deniz. Il retrouve son équilibre in extremis et se redresse.

– Quel jour sommes-nous ? demande-t-il avec peine.

– Samedi ! répond Deniz en tapant des mains. Le jour où il y a pas école !

– Ah, oui, reprend-il attendri. Je voulais dire : quel jour de l'année ?

– Le 26 novembre 2016, s'empresse de préciser Ayla.

Elle remarque aussitôt sa déception. Il s'attendait à plus.

– Alors, on part où en voyage ? renchérit la petite.

– En voyage ? grimace Göktay.

– Papa est en prison, ma puce, doit intervenir Ayla.

– Ça veut dire quoi, la prison ?

– La prison… C'est l'endroit où on enferme les gentils… qu'on accuse d'être méchants, balbutie Göktay.

– Ah… fait Deniz. Alors tu seras bientôt libre. Parce que toi, tu es le plus gentil des papas !

Il sent l'émotion monter. Quand sortira-t-il de ce trou ? Peut-être qu'il ne la verra pas grandir, tout comme son père avec lui. La vérité, c'est qu'il n'arrive plus à jouer à l'homme debout. Il n'en a plus la force. La perspective qu'il soit lourdement condamné, qu'il reste enfermé de longues années, peut-être à perpétuité, a fait son chemin en lui. Il se tourne vers sa femme, statufiée de l'autre côté de la table, et l'attire vers eux deux. Ayla hésite puis finit par les rejoindre pour compléter leur trio autrefois si joyeux. Sa tête calée contre son cou, elle aussi respire sa peau, ses cheveux, ce parfum qui n'est plus le même. Sur sa chemise, des traces de larmes. C'est la première fois qu'elle le voit pleurer. Göktay tente de se ressaisir :

– Ça va, ça va… Ça va aller.

Mais plus il dit « Ça va » et plus Ayla sait que ça ne va pas. Dans sa voix, elle entend la détresse. À la vue de son corps aussi, fragile comme un roseau. Elle le soupçonne d'avoir entamé une grève de la faim. C'est la nouvelle forme de contestation en prison. Elle ne dit rien, pourtant. Elle se contente de le fixer en passant le dos de sa main sur sa joue.

– Pardon… Pardon ! dit-il. J'ai été si égoïste.

Ayla reste interdite.

– Cette pétition, poursuivit-il, je n'aurais jamais dû la signer.

Elle relève la tête. Ses lèvres frôlent celles de Göktay. Elle sent la caresse de son souffle, la fragile expression de cet amour chamboulé. Elle hésite à y déposer pour de bon un baiser, tiraillée entre tendresse et pitié. Elle ne sait plus ce qu'elle doit dire ou ne pas dire, ce qu'elle doit faire ou penser. Est-il responsable de leur malheur ? Doit-elle lui en vouloir ? Non ! C'est le système qui est responsable. Lui qui détruit tout à petit feu. Leur fille s'exclame alors :

– On y va ?

La réponse de Göktay est immédiate :

– Oui, partez ! Partez ! dit-il. Quittez la Turquie, je vous en supplie, avant qu'il ne soit trop tard.

Ayla n'ose pas lui avouer que c'est déjà trop tard. Qu'elle aussi est en prison. Une grande prison qui a pour nom la Turquie.

De retour dans sa cellule, Göktay ne s'est jamais senti aussi minable. Il aurait pu dire à Ayla qu'il ne s'alimente plus en signe de protestation. Avec l'état d'urgence, sa libération, y compris conditionnelle, est désormais compromise. Lorsque, en juillet, la rumeur du coup d'État est parvenue jusqu'à lui, un espoir l'a saisi. Les purges imposeraient de faire de la place en prison. On finirait bien par donner la sienne à des « terroristes » plus en vue. Mais son espoir est vite retombé. Depuis, Göktay pense au pire. Être coupé du monde le met dans un état d'extrême fragilité. La semaine précédente, on lui a même confisqué ses cinq volumes de Rousseau. Le maton a mis en scène la saisie avec une vicieuse délectation. Il est entré comme une bourrasque dans son cachot, sans avertir de ses trois coups secs. Il s'est rué sur le matelas, a soulevé les draps, secoué tout ce qui traînait, avant de saisir les livres. « La direction a décrété qu'ils contredisent les dignes valeurs du pays ! »

Quelques jours plus tard, il a de nouveau fait irruption dans la cellule pour annoncer au prisonnier la suppression de son « temps social ». Finies les récréations dans cette cour où les mots commençaient de nouveau à bourgeonner. Göktay est resté cloué au sol, incapable de bouger. Son désarroi a presque attendri le maton. « Tes navires ont coulé en mer Noire ? » lui a-t-il lancé, lui renvoyant comme un miroir cette expression turque qui signifie « Pourquoi es-tu triste ? ». Göktay n'a pas répondu. Il s'est contenté de baisser la tête comme un naufragé. Aucun sauvetage en perspective. Aucune bouée à laquelle se raccrocher. Face à son visage abattu, le surveillant s'est senti obligé de lui donner quelques explications : la petite cour avait été réquisitionnée par la direction pour accueillir le trop-plein de détenus. « On déborde de prisonniers. Même le réfectoire et certains bureaux de l'administration ont été transformés en cellules », a-t-il avoué avant de s'éclipser.

Rêver, c'est tout ce qui reste à Göktay. Chaque soir, il s'endort le ventre creux, mais il nourrit son imagination d'une maison couleur safran sous un ciel étoilé. Il l'imagine encore plus grande, encore plus belle que celles que décrivait son père quand il revenait de Mardin. Et il se voit ouvrant un à un les volets, Deniz à ses côtés. Une image en invite d'autres, convoque des odeurs, des montagnes de couleurs. Les yeux fermés, il fouille en lui. Ses rêves sont liberté. Un voyage sans passeport, par-delà les époques et les frontières, à la rencontre des errants et des déments. D'ailleurs, quelle langue parle-t-on en dormant ? Quand l'esprit vagabonde à l'approche du sommeil, y a-t-il des tutoiements, des respirations, des ponctuations ? Le songe a-t-il une épaisseur, des teintes particulières ? A-t-il toujours ce pouvoir de faire dialoguer les morts et les vivants ?

Quand Göktay ferme les yeux, il lui semble retomber en enfance. Il s'imagine, du haut de ses six ans, assis face à sa mère. Il chuchote qu'il voudrait lui parler. Lui parler comme ils ne l'ont jamais fait ensemble. Au début, elle se braque, hermétique à sa proposition. Le passé est le passé, rétorque-t-elle. Il insiste. Non, maman, le passé n'est pas une fosse commune où l'on se débarrasse des souvenirs. On a beau l'enterrer, il réapparaît. Sur la peau. Sur les traits. Dans le sang et dans les rêves. Tu le sais. Ce sont eux qui ont brisé ton silence. Qui ont fait éclore la vérité. Papa est mort. Assassiné. Tu as fini par me le dire. Cela t'a échappé en plein sommeil. Tu dois maintenant l'accepter, comme j'ai accepté que ce même rêve façonne à jamais le jeune homme que j'étais.

Göktay se revoit l'année de ses vingt ans. Il vient d'entrer à Bogaziçi, la prestigieuse université. Bientôt, il entame un doctorat sur l'Empire ottoman. Cette époque l'attire comme un aimant. Entre deux cours, il vagabonde dans la bibliothèque du campus. Son endroit préféré. À travers les rayons, il cherche un sujet pour sa thèse. Sur une étagère, un titre l'interpelle : *Quand les Ottomans rêvaient*. Il attrape l'ouvrage. Des centaines de pages sur les rêves des cheikhs et poètes soufis du XVIe siècle. Il découvre cette intrigante obsession. Cette manie, dans les milieux éclairés, de partager ses visions nocturnes en public, dans la rue, dans un jardin ou à l'occasion d'une soirée, et d'en consigner le plus infime des détails dans de petits carnets. Ça lui plaît et ça lui parle. Ces journaux intimes du sommeil qui ont tant à dévoiler : les ambitions des uns, le fatalisme des autres, l'amour, les peurs, les obsessions, les illusions, les souvenirs refoulés. Göktay tient là le thème de sa recherche. Il va décrypter les rêves d'antan pour mieux vivre son présent.

Soudain, c'est au tour d'Ayla de prendre place face à lui. Il ne l'a pas vue entrer. Elle a dû se glisser par le trou de la serrure. Elle porte sa robe violette, celle de leur premier dîner. Ses yeux pétillent quand il lui confie toutes ces histoires de pensées funambules. Ça l'amuse et l'intrigue. Et lui, ça lui plaît de l'intriguer. Il se garde d'en dire plus. Il ne dit rien de sa mère – est-elle encore là, assise sur le rebord du matelas ? Il ne lui parle pas de son père non plus. Il n'est pas prêt. Pas encore.

Un bruit de ferraille le fait sursauter. Le surveillant est encore entré sans frapper. Il l'arrache à ses rêveries en lui tendant son plateau-repas. Göktay détourne les yeux.

– Un mois sans manger, ça fait beaucoup. Buvez au moins de l'eau, insiste le maton en lui tendant un verre.

Göktay s'étonne de cette attention. Il doit vraiment faire pitié, pour inspirer une telle compassion.

– De l'eau… Au moins de l'eau, poursuit l'homme. Vous devez reprendre des forces pour préparer votre défense. Un jour, vous aurez bien un procès.

Un procès ? Il laisse échapper un rictus de surprise. Le maton plonge la main dans sa poche et en sort un carnet et un crayon, qu'il pose au sol avant de s'en aller.

– Tenez. On ne sait jamais. Ça vous aidera à vous préparer.

Toute la nuit, Göktay a tourné autour du carnet. Il en a presque peur, redoute de l'ouvrir. De se laisser engloutir par le blanc du papier. Au matin, il finit par s'en saisir. Est-il encore capable d'écrire ? Et par quoi commencer ? Un « procès » ? A-t-il bien entendu ? Il aimerait y croire, retrouver la foi qui l'animait quand signer un bout de papier avait encore du sens. Il tente péniblement de faire le ménage dans sa tête. Des phrases le traversent soudain, par dizaines. Surgies de nulle part. De quelque part. Il s'empresse de les noter.

*J'étais la clef dans la serrure.*
*J'ouvrais le cadenas sur mes lèvres.*
*J'étais la deuxième bouche cachée de l'écho.*
*J'étais la mouette qui cogne au hublot.*
*J'étais l'arbre et j'étais le vent.*

*Le pont d'entre deux rives.*
*L'aiguille qui reprise les secrets.*
*J'étais l'enfant que je ne suis plus.*
*Le père que je n'ai pas eu.*
*J'ai rêvé que j'étais rocher.*
*J'avais sa témérité.*
*Je me transformais en volcan.*
*Sa lave était mon chant.*
*J'étais le minaret d'une mosquée.*
*Le clocher d'une église.*
*Le sommet d'une pyramide.*
*J'étais tout et son contraire.*
*J'étais la victime et le bourreau.*
*Je pardonnais aux criminels.*
*J'étais l'ange qui cueille les larmes.*
*J'en faisais des colliers.*
*J'avais ce don.*
*Je remontais le temps.*
*J'étais l'horloge sans aiguilles.*
*J'étais le soir.*
*J'étais le matin.*
*J'étais le secret des gardiens.*
*J'étais derviche.*
*Je dansais dans la vaste nuit.*

*Dans le silence, je chorégraphiais*
*Des poèmes sans fin.*
*J'étais la source et le désert.*
*J'étais le porteur de lumière.*
*J'ai rêvé d'un matin sans barreaux.*
*J'agrandissais le ciel de mes deux mains.*
*J'étais un nuage volant vers le soleil.*
*J'ai rêvé qu'on me tirait les cartes.*
*On lisait mon avenir dans le marc de café.*
*Au fond de la tasse, il y avait ton image.*
*J'ai rêvé que je courais vers elle.*
*Je voulais l'attraper.*
*J'ai plongé un doigt dans la tasse.*
*J'ai touché le fond.*
*Je me suis réveillé.*
*J'étais enfermé.*

La main de Göktay s'arrête sur le dernier mot. Enfermé. Il est enfermé. L'écrire renforce sa réalité. Le séquestre doublement. Ses mots ont tué l'espoir. Il était, il n'est plus. Une colère sourde gronde en lui. D'un geste rageur, il déchire les pages qu'il vient d'écrire. De ses mots, de ses rêves, il fait des confettis. Des lambeaux. Des miettes. Comme lui.

Depuis qu'elle a revu son papa, Deniz ne parle que de lui. De la fête que sera son retour. Des origamis qu'elle fabriquera de ses petits doigts. Du costume de fée qu'elle portera. Les retrouvailles, même en prison, ont suffi à la remettre sur pied. Les enfants ont cette force. Cette capacité à surmonter leurs émotions, pourvu qu'ils soient rassurés. Quand on a l'âge de Deniz, c'est le silence qui tue. Pas la prison. Pourtant, Ayla ne cesse de lui répéter en boucle : « Tu ne dis à personne que papa a été arrêté ! Tu me le promets ? » La petite acquiesce sans sourciller. Ça aussi, ça lui plaît. Cette idée d'un secret. Un grand secret qui ne tient qu'à eux trois, ce fil invisible qui la relie à ses parents, à ce monde d'avant.

Ayla aimerait avoir la légèreté de sa fille. L'insomniaque, c'est elle dorénavant. Chaque soir, elle se tourne et se retourne dans le grand lit froid. La rancune des premiers mois a cédé la place au désarroi. Il y a quelques jours, elle a entendu dire qu'un assistant-chercheur s'était suicidé. L'homme a mis fin à ses jours en sautant du septième étage de son immeuble. L'idée l'effleure parfois. Elle la chasse aussitôt comme une mauvaise araignée, en repoussant la boîte de somnifères sur la table de chevet. Mais elle comprend le geste. Elle comprend le désespoir qu'il charrie. Si elle n'avait pas Deniz, elle aurait pu être cet homme. Ce solitaire qui abandonne la vie. Elle l'imagine. Ses deux bras vers le ciel. Ses ailes qui se brisent en plein vol. Parce que c'est ça, aussi, ce à quoi les professeurs et leur famille sont condamnés : l'appel du néant, puisque, aux yeux du pouvoir, ils ont cessé d'exister. Des parias de la société qu'on arrête, qu'on licencie, qu'on assigne à une retraite anticipée. Qu'on radie de la Sécurité sociale et des allocations chômage. Ceux dont les bureaux sont placés sous scellés. Ceux dont les badges ont été déconnectés. Ceux qu'on fait disparaître des registres des universités, et dont on ferme subitement les boîtes mail. Ceux dont on efface le nom de leurs propres publications, pour pouvoir conclure :

« Ils n'étaient pas. » Comme dans un conte pour enfants censuré à moitié.

Dans son malheur, Ayla mesure sa chance. L'université Galatasaray est en cogestion avec la France, en vertu d'un vieil accord scellé entre les deux pays. Comme ailleurs, les signataires de la pétition ont été épinglés par la justice mais aucun d'entre eux n'a été limogé. Le recteur est un homme de principes qui protège ses professeurs. Il s'est pris d'affection pour Ayla et lui a promis de lui garder son poste jusqu'à ce qu'elle trouve la force de revenir. Cependant, la dépression de son mari déteint sur ses pensées. Elle se sent flancher chaque jour un peu plus. Plus Göktay perd des kilos, plus le poids de sa détention est lourd à porter. Il a beau ne rien lui dire sur sa grève de la faim, elle l'a rapidement devinée, à la grammaire émaciée de son corps. Les os ne mentent pas. Ils dessinent la douleur sous l'épiderme. Elle aurait grand besoin de partager son fardeau. Mais Nevra est loin à présent. Son amie l'a appelée depuis Athènes, où elle est arrivée saine et sauve après dix jours d'attente sur l'île grecque de Lesbos. Elle partage un studio avec son fils et son ex-mari, passe ses journées à naviguer d'une administration à l'autre pour être enregistrée comme réfugiée. Ayla regrette de ne pas avoir fait l'effort de maintenir le contact avec d'autres amis. Elle a trop souvent manqué de force pour répondre. Certains lui ont tourné le dos, craignant d'être à leur tour inquiétés. Par les temps qui courent, chacun sauve d'abord sa peau.

L'après-coup d'État a déclenché la maladie du repli sur soi.

Dans son lit, Ayla se cale contre Kamar. Depuis son retour, le chat ne la lâche plus. Quand elle oublie de lui changer son bandage, il le mordille jusqu'à l'arracher puis se lèche avec une extrême minutie. Elle peut passer des heures entières à observer l'animal. Sa façon de jouer et de dormir, de bondir ici et là malgré sa blessure. Elle envie sa capacité à se relever. À s'adapter à tout.

S'adapter. Ayla déteste ce mot. Plus le temps passe, plus elle le trouve vide de sens, inapproprié. Dans la nuit du 1er janvier 2017, alors que Deniz dormait sur ses genoux dans le taxi, en revenant d'un réveillon organisé chez Kadir, elle a vite deviné au hurlement des sirènes d'ambulance qu'un nouveau drame avait eu lieu. Le chauffeur n'a rien dit, il s'est contenté d'allumer la radio et d'accélérer. *Nouvel attentat… Des dizaines de victimes... Une discothèque bondée... Daech...* Peu après minuit, un assaillant armé avait abattu trente-neuf personnes sur la piste de danse du Rena, une discothèque huppée donnant sur le Bosphore, côté européen.

Quelques heures après, de retour à la maison, la neige a commencé à tomber. Dans la pénombre endeuillée du petit matin, Ayla s'est collée à la fenêtre. Un manteau immaculé enveloppait Istanbul. C'était à la fois beau et effrayant. Ces flocons épais, cotonneux, qui pansent les plaies, les apaisent tout en les effaçant. Un frisson l'a saisie. Dans quelques semaines, dans quelques années, qui se souviendra de cette spirale infernale de violence ? Qui se rappellera que Göktay a été arrêté ? Qui se souviendra des purges, des journaux fermés, des professeurs remplacés au pied levé ? Des attentats même ? De celui du 10 décembre 2016 aux abords du stade Besiktas, revendiqué par les Faucons pour la liberté du Kurdistan, un groupe dissident du PKK ? Ou encore de l'assassinat de l'ambassadeur russe, dans une galerie d'art de la capitale, par un agent de l'État islamique, le 16 décembre ? Les tragédies s'enchaînent à une allure si vertigineuse que l'horreur est devenue banalité.

– C'est qui? s'enquiert Deniz deux jours plus tard.

Sur le mur de l'immeuble où elles ont accroché la photo de Kamar quelques mois plutôt, la fillette pointe du doigt le portrait d'un inconnu. Yeux bridés, menton carré et sourire en coin à peine perceptible. Ayla essuie de son gant la neige accrochée au bas de l'image. Apparaît aussitôt le mot « Recherché », assorti d'un numéro d'appel. L'homme, un Ouzbèque de trente-deux ans, est présenté comme un terroriste, responsable présumé de la tuerie du Rena.

– C'est un méchant? demande Deniz.

Ayla n'a pas la force de répondre. Elle ramasse dans ses mains toute la neige qu'elles peuvent contenir et jette la boule sur Deniz.

– Touchée ! À ton tour ! s'exclame-t-elle en se mettant à courir.

Désormais, même le Bosphore ne suffit plus à lui changer les idées. La neige a vite fondu, mais Ayla a renoncé à son jogging matinal. Son corps entier rejette le dehors, cette mer d'incertitude qui lui donne la nausée. Chaque jour, elle doit redoubler d'efforts pour accompagner Deniz à l'école. Dans la foule des parents, elle jette ses dernières forces. Après avoir laissé sa fille ce matin, elle n'a pas tout de suite reconnu Fatma, rue Bogazkesen, lorsque celle-ci l'a interpellée.

– Le chat ! Vous vous souvenez ?

Le foulard encadrant son visage lui rafraîchit aussitôt la mémoire.

– Mais oui, bien sûr !

La jeune femme lui demande des nouvelles de Kamar.

– Il va bien, merci, répond-elle.

– Dieu soit loué !

Ayla n'est pas très à l'aise avec ce genre d'expression, mais il lui vient un sentiment de gratitude. En sauvant Kamar, la jeune femme a un peu sauvé Deniz. Elle lui doit des remerciements.

– Je peux vous offrir un *kavalti* ? propose-t-elle.

– Avec plaisir !

Elles choisissent un café de Tophane où l'on sert les meilleurs petits déjeuners d'Istanbul. À peine assise à table, devant quelques assiettes d'olives, de fromage et de miel, Fatma se confond en excuses :

– Pardon pour l'autre fois. Je suis désolée pour votre mari. Qu'Allah veille sur son âme. Ce sont toujours les meilleurs qui partent trop tôt. Être veuve, quand on est jeune comme vous, c'est terrible. Quelle injustice.

Ayla ravale sa salive. Elle se retient de lui dire la vérité. L'injustice est ailleurs. Fatma remarque à peine son silence et poursuit :

– Vous savez, j'ai beaucoup pensé à votre fille, ces derniers jours. Moi aussi, j'ai perdu mon père quand j'étais toute petite. Il était ouvrier sur un chantier. L'échafaudage s'est effondré. Il est mort sur le coup. Quand on perd un papa si jeune, c'est toute votre vie qui s'effondre.

Cette fois, Ayla se redresse sur sa chaise. Cette femme, si différente d'elle, si jeune, la vingtaine à peine, fait preuve d'une empathie désarmante. Puis Fatma lui livre son histoire sans aucune retenue. Son enfance dans un petit village d'Anatolie, sa mère qui rêvait d'une famille nombreuse et d'une maison bruyante, pleine d'enfants.

– Être fille unique, c'est rare dans mon milieu. C'est rare et compliqué. L'an passé, j'ai dû batailler pour que mon oncle et mes grands-parents me laissent venir étudier la pharmacie à Istanbul et pour que je prenne seule un studio.

– Et comment êtes-vous parvenue à les faire changer d'avis ?

– Ma mère a fini par les rassurer en leur affirmant que mon voile me protégeait, mais surtout que les femmes du parti veilleraient sur moi.

À la table de gauche, un hipster a relevé la tête au mot « parti ». Il a compris. Le parti, c'est l'AKP, celui des partisans du président. Ils sont rares à pousser la porte de ce café branché. Dans le quartier mixte de Tophane, pro- et anti-Erdogan se toisent depuis des années. Parfois, ça dérape comme l'autre jour, lorsque des ultras ont saccagé la vitrine d'un disquaire parce que ses clients buvaient de la bière en plein ramadan. Ayla se rembrunit. À la fois mal à l'aise avec ce mot, « parti », et gênée par la réaction de cet homme qui, déjà, rassemble ses affaires pour migrer en terrasse avec sa tasse de thé. En sortant, il marmonne quelques mots inaudibles, peste en pointant du menton le visage du reis qui vient d'apparaître, une fois de plus, à la télévision. Costume noir et cravate rouge, Erdogan parle en vainqueur. Au nord de la Syrie, l'armée turque est parvenue à éloigner Daech de la frontière. L'offensive, baptisée « Bouclier de l'Euphrate », cible aussi bien l'État islamique que les milices kurdes accusées de collusion avec le PKK, afin de saper leur projet d'enclave autonome. Pour Erdogan, c'est faire deux en un, même si les mouvances se battent entre elles. Mais dans sa bouche, le « terrorisme » a depuis longtemps changé de définition, pourvu qu'il serve ses intérêts politiques. Ayla tente de déplacer la conversation sur un autre terrain.

– Vous n'avez jamais eu envie d'avoir un chat ?

Fatma ne l'entend pas, obnubilée par le président.

– Vous avez vu avec quelle passion, avec quel dévouement il défend notre pays ? Il a tant fait pour la Turquie : des ponts, des routes, des tunnels, des hypermarchés. Son pays, c'est sa priorité, sa famille élargie. Et moi, c'est comme si j'écoutais le père que je n'ai jamais eu…

Face à l'émotion de la jeune femme, Ayla reste interdite. Comment une femme au cœur si tendre peut-elle avoir Erdogan comme mentor ? Lui et Dieu… Elle, elle ne veut aucun maître. Juste un statut de citoyenne dans une société qui respecterait tout le monde. Les chats. Les hommes. Les femmes. Les transgenres. Les Kurdes. Les journalistes. Les croyants et les athées. La naïveté de Fatma l'irrite autant qu'elle l'émeut.

– Pardon, pardon, j'ai trop parlé, se ressaisit la jeune femme en regardant sa montre. La prochaine fois, promis, ce sera mon tour de vous écouter… Oh, et surtout, gardez mon numéro. Ça peut servir. Vous savez, il m'arrive de faire des baby-sittings pour payer mon loyer. Alors, n'hésitez pas. Pour le chat ou pour votre fille !

En se levant, Ayla lâche un « merci » un peu gauche. Elle a beau se dire qu'elles n'ont pas grand-chose à partager, cette femme la touche. La douleur commune d'un père absent, mort ou vivant, les rapproche. En sortant du *kavalti*, Ayla remarque un graffiti sur la porte : «*Make art, not war*». Faites de l'art, pas la guerre. Elle sourit. Elle aime la métaphore.

Le salut est peut-être là, dans ces réconciliations a priori impossibles.

Le vrai salut, c'est à l'université qu'Ayla finit par le trouver. Quelques semaines plus tard, en février, elle reçoit une nouvelle lettre recommandée. De Galatasaray cette fois-ci. Le recteur perd patience. Jusqu'ici, il jouait le jeu, complice de ses faux certificats médicaux entassés sur son bureau. Mais pour lui aussi les tracas s'accumulent, entre professeurs en cavale, enseignants français ayant rendu leur tablier dans la panique de l'après-coup d'État et étudiants étrangers renonçant à leur bourse Erasmus. Il marche sur un fil, sous l'œil omniprésent du pouvoir, à l'affût du moindre faux pas pour le remplacer.

Ayla n'a plus le choix. Elle est contrainte de reprendre le travail. Le matin de son retour à la faculté, elle use de mille combines pour se donner des forces : un citron pressé, deux doses de café, une goutte de menthe sur chaque tempe. Le nez collé au miroir, elle couvre de fond de teint ce visage qui ne ressemble plus au sien. Deniz se moque d'elle en la voyant abuser de l'anticerne, qu'elle appelle « la peinture des mamans ». En d'autres circonstances, Ayla aurait ri, mais là le cœur n'y est pas. Elle se concentre sur chacun de ses gestes. Il s'agit de ne manquer ni l'heure de l'école ni celle de l'université.

En arrivant en classe, elle constate qu'elle n'est pas la seule à jouer à la *commedia dell'arte*. Ses étudiantes ont elles aussi cédé au maquillage cache-misère. Elle reconnaît les visages, dans le grand auditoire.

– Voilà, s'entend-elle dire en accrochant sa veste au porte-manteau. Nous en sommes toutes au même point !

Au milieu du brouhaha, une jeune femme éclate en sanglots avant de se précipiter dans ses bras.

– Vous nous avez tant manqué !

Une nuée d'autres bras, filles et garçons mélangés, l'encerclent bientôt comme un essaim d'abeilles. Ayla reçoit leur joie comme une grâce. Elle se sent soudain si bête d'avoir retardé son retour à la faculté.

Eux aussi lui ont manqué. Terriblement manqué. Sous leurs manifestations de tendresse, tout en elle se relâche. Plus de tension. Plus d'angoisse. Juste l'ivresse d'être là, avec eux. Parmi eux. Sa tête est un buvard d'émotions. Elle sent comme un vertige. Elle n'a plus l'habitude de voir tant de personnes à la fois. Elle fait un pas en arrière, invite les étudiants à s'asseoir, puis se dirige vers l'estrade. Elle y retrouve son pupitre et sa bonne vieille chaise. Les quelques vers de Baudelaire gravés sur l'accoudoir. Sur son bureau, l'encre rouge a séché dans le plumier. Elle plonge le doigt dedans. Elle se revoit penchée sur ses copies. Se remémore son bonheur à les corriger. Sa respiration s'apaise un peu. Elle voulait leur parler des *Nègres* de Jean Genet, de Camus, et puis de Ionesco bien sûr – des auteurs de circonstance pour dire l'absurdité. Mais elle ne retrouve pas le carnet où elle a rassemblé ses notes. Pour aujourd'hui, il faudra improviser.

– J'espère que le coup d'État ne vous en a pas fait oublier votre français ! ironise-t-elle.

Une jeune fille réplique :

– Moi, c'est le coup d'État que j'ai oublié. Je me souviens de l'avant et de l'après. Entre les deux, c'est le black-out. Il paraît que ça s'appelle l'amnésie volontaire. On oublie pour se protéger.

Des mains se lèvent. Un étudiant raconte les vitres de sa chambre en mille morceaux. Un autre énumère les verres d'arak ingurgités pour éponger sa peur. Un autre encore imite sa mère hystérique devant les voisins blessés par des éclats de verre. La salle explose d'un rire nerveux. À chacun son traumatisme et sa difficulté à l'exorciser. Les provinciaux coincés dans les dortoirs, les fêtards ne trouvant plus de taxi pour rentrer, les portables déchargés. Une jeune femme se lève à son tour pour décrire sa fête de mariage interrompue par les avions à réaction.

– On commençait tout juste à danser…

Au fond de la classe, Ayla remarque la présence d'une demi-douzaine d'étudiants dont les visages ne lui sont pas familiers. Depuis le début, ils écoutent leurs camarades sans rien dire, le regard perdu.

– Et vous, qu'avez-vous à raconter ? leur lance-t-elle.

Leurs visages se figent, comme s'ils n'avaient pas saisi ce qu'elle disait.

– Ils ne parlent pas français ! lance un garçon en turc.

– Comment ça, vous ne parlez pas français ? Mais alors, que faites-vous dans ma classe ?

La salle entière éclate de rire. L'un d'eux se lève et explique :

– Avec mes copains, on étudiait à l'académie militaire…

– Et ? interroge Ayla, perplexe.

– Après la tentative de putsch, ils l'ont fermée, en l'accusant d'être un nid de gülenistes. On s'est retrouvés sur le carreau et on nous a dispatchés dans différentes universités, dont la vôtre. Voilà le résultat : hier, on se préparait à intégrer l'armée. Aujourd'hui, on est condamnés à apprendre le français !

– « Condamnés » ? répète Ayla en grimaçant.

L'idée que sa langue préférée soit imposée d'en haut lui donne le haut-le-cœur.

– Oui, condamnés, reprend le garçon. Chaque jour, je me gave de tous ces nouveaux mots que j'arrive à peine à prononcer. C'est comme redémarrer sa vie à zéro.

Ayla hésite à répondre. Parmi ces jeunes gens se cachent peut-être quelques mouchards prêts à la dénoncer au moindre faux pas. Elle est frappée par la candeur du regard de son nouvel étudiant. Combien de jeunes, comme lui, ont été sacrifiés ? Combien de vocations brisées et de parcours gâchés ? Et sa langue de cœur, si riche, si précieuse, bradée à des indifférents ! Les plus beaux mots de la Terre ne font plus sens quand ils sont imposés. Dans cette classe recomposée, elle sent qu'elle n'est pas au bout de ses peines.

– Allez ! se reprend-elle. On va tous se serrer les coudes pour faire de notre mieux. Avec de la bonne volonté, on va y arriver !

La sonnerie de fin de cours retentit. Une pause nicotine bien méritée, elle qui songeait à arrêter de fumer. Dans la cour, elle s'y prend à plusieurs reprises pour allumer sa cigarette. Un élève s'approche, lui tend un briquet.

– Je suis au courant à propos de la détention de votre mari, chuchote-t-il. Je me suis fait du souci pour vous.

Göktay. Deux mois qu'elle n'a pu le voir. Deux mois que la prison lui répète que c'est à cause des nouvelles arrestations, des demandes de visite en constante augmentation. Elle doute. Elle se dit que c'est en raison de sa grève de la faim. Elle devine que son état de santé se dégrade. Elle lui a fait envoyer un colis de fruits secs même si elle ignore si on le lui a remis. Parce qu'elle pense parfois au pire, elle a réclamé des preuves de vie – un mot, une signature, ses initiales. Mais, à ce jour, aucune réponse.

L'étudiant ne la quitte pas des yeux. Il ne voulait pas la mettre mal à l'aise et change de sujet :

– Merci d'être revenue à l'université !

Ayla le remercie à son tour. Ces retrouvailles sont un baume et elle doit contenir son émotion. Le jeune homme saisit le trouble de son enseignante. Il fouille dans sa poche et glisse un papier dans ses mains. Elle lit :

« *Le Crocodile. Libre adaptation théâtrale* ».

L'étudiant explique :

– Un collectif de professeurs limogés a mis en scène la nouvelle inachevée de Dostoïevski.

Ayla connaît l'œuvre, l'histoire kafkaïenne d'un fonctionnaire avalé par un crocodile et dont l'épouse use de mille stratagèmes pour tenter de le libérer. Le parallèle lui saute aux yeux. Elle esquisse un sourire.

– Venez ! reprend l'étudiant. Le spectacle vous parlera, j'en suis certain.

Ayla glisse le tract dans la poche de son gilet. Il y a encore une semaine, elle aurait trouvé une fausse excuse pour ne pas s'y rendre, mais aujourd'hui son geste dit « oui » sans hésiter.

Le soir du spectacle, Ayla se résigne à faire un effort pour s'habiller. Elle n'a plus l'habitude de sortir. Au fond de sa *gardirob*, elle déniche une jupe froissée qu'elle repasse à la va-vite. Deniz est plus inventive. Au terme de savants essayages, elle a enfilé son costume de princesse à paillettes. Sa mère ne lui oppose aucun refus. Elle en rit presque, une fois sur le ponton du *vapur* qui file vers l'Asie. Sous le ciel de fin de journée, la robe de sa fillette se perd dans le scintillement du palais Topkapi et de Saint-Sophie. Ayla appelle ça l'« heure magique », cet instant où le soleil se couche en éclaboussant les vitres de la rive européenne jusqu'à former une constellation de petits cubes orangés qui se reflètent sur le Bosphore. Ce soir, elle veut y voir un signe. Quelque chose, au fond d'elle, se laisse porter par cette lumière.

À l'approche de l'embarcadère de Kadiköy, Ayla déplie le tract. Au verso, un petit plan a été dessiné à la main et l'étudiant a signé de son nom. Azad. Elle relit par deux fois sa signature. Azad, c'est-à-dire dire « libre » en langue kurde. C'est l'un des rares mots qu'elle connaît de cette minorité pour laquelle son mari s'est consumé. Cette cause qu'elle n'a jamais épousée et qui la poursuit malgré elle, cette fois-ci à travers cet étudiant.

Le bateau tangue en cognant contre l'embarcadère. Ayla rattrape sa petite par la manche. Sur la plateforme de Kadiköy, l'équipage déplie la passerelle. Il faut jouer des coudes pour descendre du ponton, slalomer entre les passagers pressés, les vendeurs de maïs, de presse-agrumes *made in China* qui ne fonctionnent jamais, et autres marchands de rêves juteux. Le costume à froufrous de Deniz leur est d'une aide inespérée, provoquant une haie d'honneur. Le reste du trajet se fait au pas de course pour ne pas arriver en retard.

Dans la salle, Ayla cherche des yeux son étudiant, mais déjà le rideau s'ouvre sur un décor épuré. Quelques micros posés à même la scène, derrière une rangée de pupitres. Depuis les coulisses, des pas résonnent crescendo. Trois hommes et trois femmes font leur apparition, le visage aussi blanc que les feuilles calées sous leurs aisselles. Sous la lumière du projecteur, elle reconnaît les épouses des deux professeurs arrêtés en même temps que Göktay. Les autres sont des universitaires limogés.

– Cette pièce, écrite il y a deux siècles en Russie, n'est ni une comédie ni une fantaisie. C'est le miroir de notre propre tragédie, énonce l'un d'eux.

Un prospectus, distribué à chaque spectateur, complète ses propos. « Le texte est mis en scène pour la deuxième fois en Turquie. La première adaptation, radiophonique à l'époque, remonte au coup d'État de 1960. Son auteur, le dramaturge turc Haldun Taner, faisait partie d'une centaine d'intellectuels bannis par le pouvoir pour s'être opposés à la reprise en main de l'armée. »

Ayla reçoit chaque tirade, chaque mot, comme un écho singulier de sa propre histoire. Tout lui parle. Le ventre-prison du reptile. Les vaines tentatives pour libérer sa proie. Le présent qui se fond dans le passé, même si cette fois-ci le putsch est inachevé. Le sort des professeurs, lui, répond à la même fatalité : tous enfermés dans la gueule du crocodile.

Au dernier acte, le public est déjà debout. Une ovation folle irradie la salle. Ayla n'applaudit pas, Deniz endormie dans ses bras. Au moment des rappels, un acteur invite le public à monter sur scène. Immédiatement, les plus agiles se font la courte échelle, quand d'autres choisissent les petits escaliers. Sur le plateau, les professeurs exultent. L'un d'eux fait passer une banderole de main en main qui, aussitôt, se déplie pour révéler son message : « L'université est partout. L'art est partout. La paix est partout. » Dans un coin de la scène, une voix de ténor enchaîne :

– Les crocodiles finiront par déguerpir. Et nous, nous resterons !

La phrase rebondit par ricochet, rapidement reprise à l'unisson. Des dizaines de doigts en forme de V s'élèvent vers le plafond. Ayla dévore des yeux ces bouquets de mains dessinant la victoire. Tous ces hommes et ces femmes qui chantent, frémissent, défient à leur façon le pouvoir. Elle entend leur chant. Se laisse graduellement envahir par l'appel.

Il lui semble maintenant que son cœur tambourine à la même cadence. Elle aussi veut faire partie de ce chant.

Soudain, dans la foule, quelqu'un lui fait signe. Un geste de la main pour l'inciter à grimper à son tour. Elle ne reconnaît pas immédiatement Azad. Il se fraie un chemin pour lui offrir son bras. Elle hésite, fait « non » de la tête, mais il est déjà à ses pieds, le dos plié, pour l'aider à se cramponner à ses épaules. Elle finit par se laisser hisser et Deniz, enfin réveillée, s'agrippe à elle. Une fois là-haut, la scène est encore plus impressionnante. Ayla se sent toute petite, enveloppée par les hourras et les sanglots des spectateurs. Elle n'a pas de mots pour décrire ce qu'elle vit. Ni spectacle, ni communion, ni manifestation, mais quelque chose de plus fort que tout cela.

Au saut du lit, le lendemain matin, tout son corps vibre de l'énergie libérée la veille. Une sensation curieuse, l'impression de prendre un tournant. En arrivant à l'université, Ayla croise Azad dans le hall d'entrée. Elle se sent presque intimidée. Elle ne sait comment lui exprimer sa reconnaissance. C'est lui qui la remercie. D'être venue. D'avoir fait le pas. Il salue son courage. Devine-t-il les efforts qu'elle déploie pour se relever ?

Maintenant qu'ils sont de nouveau face à face, Ayla se souvient de l'avoir eu comme élève l'année précédente. Pommettes saillantes, yeux en forme d'amandes, une fossette sur la joue gauche lorsqu'il sourit. Elle a mis du temps à resituer son visage, pourtant singulier, car il avait rapidement cessé de venir en classe. Ayla ne s'en était pas formalisée, un bon quart des élèves abandonne le français en cours de route. À présent, ses yeux s'arrêtent sur son front. Une mauvaise cicatrice, vraisemblablement récente, souligne son arcade sourcilière. Elle ne dit rien, espérant lui laisser la parole. Il la saisit aussitôt, mais pour paraphraser l'écrivain dissident Aziz Nesin :

– Vaut-il mieux rire ou se lamenter ?

Se plaindre n'est pas dans ses cordes. Cela ne l'a jamais été. Les autres ont toujours été sa priorité. Activistes inquiétés, étudiants stigmatisés, professeurs marginalisés contraints de vendre du maïs grillé ou des livres d'occasion pour joindre les deux bouts. En confiance, il évoque tous ces universitaires qui entrent progressivement en résistance. Ceux qui montent sur les planches pour briser leur solitude. Ceux qui improvisent des concerts devant la prison de Silivri. Il lui parle de cagnottes solidaires pour les plus démunis et de groupes d'appel par messagerie cryptée pour s'entraider. Depuis peu, ajoute-t-il, des « académies hors les murs » se mettent discrètement en place pour continuer, malgré tout, à enseigner.

– C'est une Turquie parallèle qui s'organise en catimini pour que nous, les jeunes, on ne se fasse pas dévorer à notre tour par le grand chef crocodile, ironise Azad.

Ayla l'écoute avec avidité. Elle a compris qu'elle n'apprendra rien de plus sur son étudiant mais qu'en revanche elle a beaucoup à apprendre de lui. Sa voix fougueuse, indomptable, lui rappelle sa jeunesse militante. La nostalgie la gagne, en même temps que la culpabilité de n'avoir rien fait au cours des mois passés, à part craindre pour la vie de son mari. Alors qu'il continue à énumérer d'autres exemples, l'un et l'autre en oublient presque la sonnerie signalant le début des cours.

À la fin du cours de français, Ayla fait signe à Azad de passer dans son bureau. Elle brûle d'envie de l'interroger. De rattraper le temps perdu. Azad ne se fait pas prier. Une fois la porte refermée, il fouille dans son sac à dos pour y dénicher son portable. Sur l'écran, une vidéo tourne aussitôt. Des images festives où des hommes et des femmes chantonnent, pinte de bière à la main. Il s'emballe :

– Là, regardez. C'est l'université de Kocaeli. Durant la fête de limogeage des professeurs. Ça vous parle ?

Bien entendu que ça lui parle. Ayla connaît cet établissement où enseignait Nevra. Elle comprend que ceux qui n'ont pas fui, comme sa meilleure amie, se sont donné rendez-vous dans un bar pour noyer leur chagrin.

– Au bout de quelques verres, l'un d'eux a téléphoné à ses élèves pour qu'ils les rejoignent avec leurs livres et leurs cahiers. En moins d'une heure, la salle était pleine. Ils ont poussé les tables contre les murs, aligné les chaises comme dans un amphithéâtre et se sont mis à improviser un cours, poursuit Azad.

La première « université sans campus » était née. De cette envie de maintenir le lien. De combler la mort civile à laquelle ils venaient d'être condamnés.

– Depuis, continue-t-il, les professeurs de Kocaeli organisent leurs séminaires dans un appartement que le syndicat des enseignants de gauche Egitim Sen a mis à leur disposition. Tous les quinze jours, ils forment des groupes de travail sur des thématiques controversées : « cancer et fascisme », « marxisme et cinéma », « femmes et laïcité », « LGBT et diversité ».

Des initiatives semblables se développent ailleurs. À Istanbul, des universitaires enseignent au fond d'un restaurant. À Eskişehir, des cours se mettent en place au sous-sol d'un café. À Mersin, dans le sud du pays, un couple de professeurs limogés a transformé une ancienne supérette en une *kulturhane*, une maison de la culture. Azad y était pour l'inauguration. Il a tout filmé : l'espace cafétéria converti en cinéma, les salles où s'enchaînent cours de droit et d'éthique environnementale, la bibliothèque où viennent étudier les jeunes du quartier. Quand il parle, son visage s'illumine. Même les policiers, ajoute-t-il, n'ont rien pu faire pour les empêcher de développer leurs activités.

– Que de fois ont-ils tenté de passer une tête pour inspecter les lieux ! Mais les gérants ont du répondant. Une tournée de verres de thé sur le seuil de la porte, et la police est dans leur poche.

Ayla s'y croirait presque. Le nez dans les images de son élève, elle dévore du regard tous ces titres engagés qui ornent les rayons : sur l'urbanisme politique, la littérature féministe américaine, le populisme…

– Ces centaines de livres appartenaient aux universitaires exilés. Avant de partir, ils en ont fait don à la *kulturhane*, pour que leurs étudiants puissent en profiter en leur absence.

Une plaque fixée à l'entrée de la bibliothèque saute aux yeux d'Ayla. Elle y reconnaît le nom de Mehmet Fatih Traş, l'un des professeurs suicidés.

– C'est le premier nom qui leur est venu à l'esprit quand ils l'ont inaugurée. Pour ne pas l'oublier…

Elle pourrait l'écouter parler ainsi des heures durant de cette fronde souterraine qui lui rappelle les « académies errantes » de l'Espagne de la fin des années 1950, sous la dictature de Franco. Une époque où professeurs et écrivains avaient dû, eux aussi, batailler pour briser le silence imposé. Elle non plus ne veut plus se taire, et Azad semble lire dans ses pensées.

– Je serai à Ankara ce week-end. Des projets du même genre ont vu le jour dans la capitale. Vous pourriez peut-être passer ?

Elle hoche la tête, sans hésiter. Elle veut tout découvrir, tout apprendre.

L'élève, c'est elle, à présent.

Dans son excitation, Ayla en a oublié le quotidien. À qui confier Deniz ? Autrefois, elle pouvait compter sur Nevra. Ou sur cette voisine qui, maintenant, ne lui parle plus. Contacter sa mère et sa sœur serait déplacé : elles n'ont jamais répondu au faire-part de naissance de sa fille. Un nom lui vient soudain : Fatma. Elle attrape son smartphone et tente aussitôt de joindre la jeune femme. Lorsque celle-ci décroche, au bout de trois sonneries, Ayla va droit au but :

– Pourriez-vous garder Deniz et le chat ce week-end ?

– Bien sûr ! répond Fatma.

Au bout du fil, la voix de la jeune voilée déborde de joie. C'est la première fois qu'une femme de l'autre Turquie lui accorde ainsi sa confiance.

En prenant le train pour Ankara, Ayla ignore que, ce matin, son mari s'est réveillé sous perfusion, dans une chambre aux rideaux tirés. Les paupières de Göktay sont lourdes. Il les ouvre fébrilement sur des draps bleus, une petite table roulante, une sonnette d'appel, une poche de glucose. Son esprit brumeux décante peu à peu un reste de mémoire. Il se souvient vaguement de son évanouissement, du visage de l'infirmier d'astreinte alerté par les cris du maton, puis de sa voix paniquée commandant une ambulance. La suite est confuse. Vite ! Le détenu… Le professeur… Aux urgences ! Le pouls… On le perd ! Et puis rien. Dans le brouillard de sa tête, Göktay tente de rassembler des fragments de souvenirs mais son cerveau est une passoire. Ses pensées sont en vrac. Elles lui échappent. Le grand poète Rumi disait que le corps et l'âme ne font qu'un. Il aimerait retrouver ce corps-âme. Ce corps qui le protège comme une maison. À présent, son âme est sans abri. La porte s'est effondrée. Les vitres sont brisées. Ne reste que l'ossature, qui menace de céder.

Soudain, un crissement de poignée le surprend. Une infirmière en blouse immaculée entre avec un plateau-repas. Un instant, il pense à un ange tombé du ciel. La femme aux cheveux cendrés prend son pouls, examine ses yeux creusés par sa grève de la faim obstinée, avant de lui tendre ses bras pour l'aider à se lever. Göktay doit se concentrer sur chaque geste pour parvenir à sortir du lit. Ses jambes le portent à peine. Il met un pied devant l'autre, doucement. Face au miroir de la chambre, il s'arrête net. Front ridé, joues enfoncées, dents grises. Ses bras, semblables à des allumettes, pendent de chaque côté de son torse étroit. Tout son être paraît dévoré. L'infirmière l'invite à monter sur la balance. Il ne pèse plus que quarante-cinq kilos.

– Il serait peut-être temps d'arrêter votre *ölüm orucu*, votre « jeûne de la mort », ose-t-elle.

Göktay n'a pas la force de pleurer. Ses larmes ne coulent pas. Elles ne brûlent pas ses paupières. C'est le froid désormais qui l'habite. Il s'est infiltré jusqu'au bout de ses ongles, de ses lèvres. Il grelotte. Vidé de tout. Pourtant, il refuse le petit déjeuner. Pour lui, perdre des kilos, c'est gagner en dignité. La grève de la faim comme ultime cri pour réclamer sa liberté.

L'infirmière lui tend de nouveau la main pour le raccompagner jusqu'au lit. En le bordant, elle lui murmure :

– Vous savez, j'en ai vus qui sont morts. Comme vous, ils pensaient que mourir, c'était gagner. Mais à ce jeu-là, c'est le pouvoir qui gagne, pas vous !

Il y a quelque chose de maternel dans la voix de cette femme. Quelque chose de désarmant, qui lui rappelle sa propre mère. Elle aurait d'ailleurs son âge, si elle était encore en vie. Il voudrait pouvoir arrêter le temps et se blottir dans ses bras, la laisser l'embrasser comme le faisait sa mère. Il observe ses mains fines, hume son parfum de rose et, à son regard plein d'attention, sait qu'elle lui veut du bien. Il aimerait qu'elle l'aide à guérir de ce mal qu'il s'inflige. À réparer ce corps qui fond de jour en jour. Mais la guérison ne dépend ni d'elle ni de lui. Elle incombe à ceux qui l'ont jeté en prison. Pour l'instant, il ne pense qu'à ça : faire plier la justice dans l'espoir d'un procès équitable. Et s'il meurt avant, tant pis. Ou plutôt, tant mieux. Sa mort fera mal au pouvoir, la réputation d'Ankara sera ternie et l'Europe se réveillera de sa léthargie. Elle reconnaîtra enfin qu'à quelques heures d'avion de Paris ou Berlin, dans ce pays qu'elle paie pour retenir des migrants du monde entier dont personne ne veut, une République de la peur est en train de se consolider.

Par la fenêtre du train, une fois dépassée la sortie d'Istanbul, Ayla contemple le paysage-gruyère qui défile sous ses yeux. Disgracieuse succession de chantiers inachevés et de cités-dortoirs. Dans chaque ville traversée une mosquée en construction, un nouveau *shopping mall* en érection. Toujours le même schéma hideux, l'accablante équation d'un pouvoir qui blesse la terre autant que les hommes. Même avec quelques blocs de Lego, sa fille serait plus inventive. Un jour, peut-être, Deniz se penchera sur la question. Elle qui se rêve en architecte aura du pain sur la planche pour gommer cette laideur qui souille le pays. À moins qu'une catastrophe naturelle ne lui facilite la tâche, comme en 1999, lorsqu'un séisme engloutit Izmit, dans la province de Kocaeli. Un grand tremblement de terre : c'en serait presque une bénédiction pour la nouvelle génération.

Pour l'heure, c'est Ayla qui tremble à l'idée d'avoir de telles pensées. Le visage collé à la vitre, elle se sent clandestine. Une équilibriste sur un fil capable de se rompre à tout moment. Ce matin, elle a senti son ventre se nouer en déposant la petite chez Fatma. Elle s'est vite sauvée, a sauté de justesse dans son wagon. Maintenant qu'elle reprend son souffle, elle tente de se rappeler ce qu'elle avait un jour lu sous la plume de Nicolas Bouvier. « On croit qu'on va faire un voyage. Mais bientôt, c'est le voyage qui vous fait, ou vous défait. » Ayla l'avait cité dans sa thèse sur les écrivains de langue française passés par la Turquie. Et si Bouvier était son oracle, celui qui l'aide à chasser les dernières peurs ? Voyager, se dit-elle, c'est s'autoriser à lâcher prise. C'est foncer, et aussi défoncer les portes. En elle, quelque chose d'inimaginable il y a encore quelques jours est en train d'éclore. Elle est cette épouse d'un prisonnier. Elle est aussi cette universitaire qui roule vers l'inconnu, écorchée mais battante, porteuse d'un élan inattendu.

À la fenêtre, l'horizon s'étire en chassant les dernières appréhensions. Elle part rencontrer ses confrères. Elle récoltera leurs récits. Elle veut comprendre à travers eux l'engagement obstiné de son mari. Elle veut le vivre. S'en imprégner. C'est maintenant ou jamais.

Il fait presque nuit quand le train arrive en gare d'Ankara. Sur le quai, Ayla reconnaît Azad parmi des vendeurs de *simit* et autres coupe-faim. Dès la descente, l'étudiant la décharge de son sac, et elle ne se fait pas prier pour se laisser guider. Près de la station de taxis, une mosaïque de portraits rend hommage aux 102 victimes du double attentat du 10 octobre 2015, le plus meurtrier de l'histoire de la Turquie. Toutes fauchées à quelques mètres de la gare lors d'un rassemblement de l'opposition pro-kurde. C'était il y a presque deux ans. Ayla n'a pas oublié ce carnage, l'un des premiers à porter la marque de Daech. À l'époque, les autorités avaient été accusées de ne pas avoir assez protégé les manifestants. Azad est déjà à genoux, en train d'allumer un cierge en leur mémoire :

– Le pouvoir nous traite de terroristes mais il est incapable de nous protéger contre les vrais terroristes !

Sa liberté de ton fascine Ayla. Dans le taxi qui les emmène au centre-ville, il peste contre le monumental palais présidentiel à 350 millions de dollars, grimace de colère devant le nouveau parc d'attractions rempli de dinosaures en carton-pâte qui en a coûté cent de plus. Un moulin à paroles qui s'insurge à tout bout de champ.

– Nous y voilà ! s'écrie Azad.

Il prie le chauffeur de s'arrêter. Ayla le suit de près dans une rue piétonne, jusqu'au torse en bronze d'une sculpture cernée de barrières de police. Elle peine à reconnaître la fameuse statue des Droits de l'homme, visage penché sur la Déclaration universelle, embastillée comme une dangereuse criminelle !

Un sit-in se tient à ses pieds. Assises en tailleur, un sparadrap sur les lèvres, quelques dizaines de personnes brandissent des panneaux « Rendez-nous nos universités ! ».

– Ils sont tous enseignants, tous « purgés », explique Azad. Ils viennent ici chaque jour depuis que deux d'entre eux, grévistes de la faim, ont été arrêtés.

Ayla hoche la tête. Elle ne lui a rien dit du jeûne de Göktay, mais elle a l'intuition qu'il sait.

– Et ils n'ont pas peur ? demande-t-elle en fixant le cordon de policiers, mitraillette en bandoulière, trois fois plus nombreux que les protestataires.

– Peur ? répète Azad. Il y a dans la solitude un sentiment de perte absolue qui vous donne des ailes. Pas le choix : c'est ça ou mourir.

Il s'approche de son oreille pour lui chuchoter quelques mots à propos de chacun d'entre eux. Leur limogeage brutal. Leur bureau fouillé de fond en comble. Les menaces de déchéance de nationalité pour certains, d'expropriation pour d'autres. Il insiste sur chaque détail. Leur toute première manifestation, avant que la statue ne soit encerclée, les coups reçus à chaque échauffourée, leur détermination à se rassembler.

– La police, poursuit-il, arrête deux ou trois manifestants à chaque fois. Elle les menotte, les interroge, puis les condamne à une amende de 220 livres turques avant de les libérer. Vous voyez ces femmes, à gauche de la statue ?

Ayla suit son regard et aperçoit deux jeunes filles en jean et tee-shirt.

– Elles sont institutrices, inséparables depuis la purge. Qu'il pleuve ou qu'il vente, elles sont là tous les jours. En fin de sit-in, elles hurlent des slogans à tue-tête et la police les tire de force jusqu'à la petite fourgonnette garée là-bas. Une fois sermonnées, elles doivent payer l'amende… et elles recommencent dès le lendemain.

Ayla n'en revient pas de cette opiniâtreté.

– Multiplié par 365 jours, ça fait cher le budget manifestation ! ironise-t-elle.

– Oui, sourit Azad. Mais elles ont déjà tout perdu. Leur métier, leur salaire, leurs maris partis voir ailleurs. Des enfants, elles n'en ont pas, convaincues que la Turquie n'est pas faite pour enfanter. Ce rassemblement quotidien, c'est tout ce qu'il leur reste. Rien ne les fera renoncer à leur droit de manifester pour la liberté.

Il est temps d'y aller. Ahmet, un ami juriste, les attend à dix minutes de là. Au bout de la rue, une grande avenue s'ouvre sur une rangée d'immeubles austères, non loin du quartier cossu des ambassades. Ils marchent encore quelques mètres puis pénètrent dans une impasse, jusqu'à une modeste villa à deux étages. L'interphone ne porte aucun nom ni initiales. Azad appuie sur la sonnette et pousse la poignée au premier clic, suivi par Ayla.

– Dépêchez-vous, le cours commence dans cinq minutes ! lance leur hôte, Ahmet, un grand brun moustachu, en les devançant dans un long couloir.

Au fond, il pousse à la va-vite une porte en bois. L'un après l'autre, ils s'engagent dans une pièce exiguë. Ahmet s'installe aussitôt sur un tabouret face à une caméra posée sur un trépied. Il ajuste sa veste, fixe son micro-cravate, rassemble ses notes.

Derrière lui, sur le mur décoré d'un panneau mentionnant « Académie virtuelle des droits humains », une lumière rouge s'allume. L'horloge indique 21 heures.

– Bonsoir à tous, lance Ahmet. Le cours du soir peut commencer !

Ayla tend l'oreille. À présent, elle comprend. Elle comprend que dans ce quasi-placard transformé en studio de télévision, loin du regard des policiers, un professeur de droit limogé s'adresse à des dizaines, peut-être des milliers d'étudiants par l'entremise d'un simple écran.

– Il a fallu que je sois seul, abandonné, isolé, pour me lancer dans ce projet, leur glisse-t-il une fois la séance terminée.

Sur le seuil de la porte, un confrère expert en droit constitutionnel attend déjà son tour devant la caméra, tandis qu'Ahmet invite Azad et Ayla à prendre un café dans la cuisine.

Sur le frigidaire, des photos de famille, de vacances en maillots de bain, de fêtes de fin d'année et de remises de diplôme arrosées.

Ahmet tire un tabouret et raconte :

– Il y a encore deux mois, ma maison débordait de vie. Ma femme, mes deux fils, les dîners avec les copains…

Et puis plus rien. Un soir, quinze jours après son licenciement, son cadet était rentré en larmes du lycée, on l'avait traité de « fils de terroriste ». Effondrée, son épouse avait fait ses valises en vingt-quatre heures et était partie pour Madrid avec les enfants.

– Personne ne m'a soutenu, lâche Ahmet.

Une fois le choc passé, il avait rassemblé ses forces et, face aux messages désespérés de ses étudiants, s'était lancé dans ce projet. Le local de la chaire des droits de l'homme, qu'il avait créée au sein de l'université, avait été placé sous scellés. La rumeur circulait que le recteur envisageait même de la fermer pour de bon. Sa famille l'avait abandonné. Il ne pouvait abandonner ses étudiants.

– J'ai appelé un copain ingénieur, qui m'a montré comment créer une chaîne YouTube et me servir d'une caméra. J'ai prévenu mes élèves par courriel et je me suis lancé !

Le projet a rapidement pris de l'ampleur, passant de dix abonnés à des centaines. Depuis un mois maintenant, une dizaine d'enseignants défilent quotidiennement dans son studio pour enseigner eux aussi à distance. Chaque soir, une matière, un thème particulier, et des échanges inespérés.

– Regardez ce message. Cet étudiant séchait constamment mes cours. À présent, il n'en rate aucun !

Le plus inattendu, ce sont tous ces nouveaux abonnés issus des quatre coins du pays – retraités, mères de famille, chômeurs, syndicalistes. Une palette insolite d'étudiants en herbe, venus se greffer à ceux qui fréquentent les bancs traditionnels de l'université. « Merci d'ouvrir nos yeux quand on nous force à les fermer », lui a écrit une femme depuis un village réputé conservateur des bords de la mer Noire. D'elle, il ne sait pas grand-chose, à part qu'elle est mère de quatre enfants et que, dans sa famille, les femmes n'ont pas l'habitude d'étudier.

– On pourra me traiter de naïf. Mais j'y vois un signe d'espoir, même infime.

Ayla sourit de cet optimisme. Elle aussi veut y croire à présent.

L'ironie de cette immense purge est peut-être là, pense-t-elle, dans ce qu'elle enseigne en interdisant. Dans ce qu'elle crée de liens en divisant.

Il est déjà 22 h 30 et Azad se confond en excuses. Ils ne doivent pas tarder.

– On va où, maintenant ? interroge Ayla.

– Tu verras !

Le « tu » lui a échappé. Elle ne le reprend pas. Au fond, elle trouve ce tutoiement naturel, il renforce la confiance qu'elle lui porte depuis son arrivée. Sous une lune presque ronde, ils traversent un carrefour, puis un passage jusqu'à un parc avoisinant. Azad ralentit le pas et s'approche d'un bassin situé dans l'allée principale. D'un signe de la main, il intime à Ayla de rester en retrait. Elle se cale contre un arbre. Trois mètres plus loin, il tire un tableau noir de sous un banc, le place sur un chevalet. Aussitôt, une silhouette émerge derrière un buisson. Puis une autre, et encore une autre. De toutes parts, des ombres affluent dans l'obscurité en direction d'Azad. Tout se passe en silence. Ce sont bientôt une cinquantaine de personnes qui entourent l'étudiant. Dans la rangée du fond, un grand gaillard sort un cahier d'écolier. Deux garçons aux yeux soulignés de cils très noirs se tiennent par la main. Une jeune femme regarde sa montre, un peu nerveuse. Au-dessus des têtes, un nuage passe, puis disparaît pour laisser toute la place à la lune. Sous son halo apparaissent de nouveaux badauds : un livreur de pizzas au sac à dos rouge, un sportif en baskets et capuche rabattue jusqu'aux yeux, une petite dame dans une robe d'avocate, un homme en tenue d'éboueur. Debout devant son tableau, Azad se racle la gorge. Il lance un sourire à l'assemblée hétéroclite, puis extrait de sa poche une craie, qu'il brandit vers le ciel.

À présent, Ayla comprend mieux ce qui se joue.

Cette fois, le professeur, c'est lui.

Tout le monde se rassemble aussitôt autour du chevalet. Ils suivent des yeux la main d'Azad qui glisse sur le tableau pour tracer un seul mot : « KURDISTAN ».

– Je suis venu vous parler d'un peuple sans voix, dit-il en se retournant. Une minorité dont il est de nouveau impossible de relayer le cri sous peine d'être arrêté ou poursuivi.

Il articule chaque syllabe, chaque phrase. Ayla est suspendue à ses lèvres.

– Je suis de ce peuple-là, continue-t-il. Né dans une contrée morcelée, une ville martyrisée dont vous n'avez sans doute jamais entendu parler. Cizre. Une cité du Sud-Est. J'y suis resté coincé de décembre 2015 à février 2016, quand l'armée turque nous a sauvagement attaqués en faisant voler en éclats nos rêves d'autonomie. Des semaines durant, nous nous sommes calfeutrés comme des rats dans les sous-sols, privés d'eau, d'électricité, encerclés par les chars, bombardés par les obus, jusqu'à ce qu'on nous pousse vers la sortie. À ce jour, aucun média indépendant n'a pu accéder à la ville, aucune enquête de terrain n'a pu y être menée.

La voix d'Azad perce la nuit. Il prend le temps qu'il faut pour décrire ces images qui l'habitent encore, pour partager ce drame sans témoin, reproduit dans tant d'autres localités kurdes, Diyarbakir, Suruç, Silvan, à l'origine de centaines de morts… Il parle de ces mois d'enfer sous la mitraille, du staccato des roquettes, des barrages des forces spéciales aux abords de sa ville, des blindés assiégeant des quartiers entiers, des hélicoptères grondant au-dessus des toits, et aussi des mortiers fauchant sans distinction civils, blessés, vieillards sous prétexte de s'attaquer aux combattants de la guérilla. Il parle de ces femmes et de ces enfants pris en otage dans les abris souterrains, qu'il entendait hurler « Ne tirez pas ! », impuissants à faire cesser les balles avec leurs drapeaux blancs.

– Tant d'appels au secours sont restés inaudibles !

Ses mots à lui sont maintenant des rafales dans le silence du grand parc. Ils sèment dans leur sillage une pluie de rictus d'étonnement, de questions d'où une vraie prise de conscience finira peut-être un jour par percer. Et il continue, bravant de ses descriptions parfois crues la censure et le mensonge.

Partager cette histoire, c'est déjà la mettre à l'abri.

Au milieu de la foule, Ayla se sent toute petite, et paradoxalement grandie. Elle voudrait que le temps s'arrête. Que toutes les lettres restent arrimées au tableau. Elle accueille chacune des phrases d'Azad comme un grand secret. Elle épouse son récit, absent des journaux, interdit dans les amphis. Parmi tous ces anonymes, elle n'est plus seule. Elle se découvre une nouvelle famille. Une tribu. Peut-être se reverront-ils, peut-être pas, qu'importe. Ce qui compte, c'est d'être là tous ensemble. Tous unis contre la langue du pouvoir, qui ment comme elle empêche de respirer.

Soudain, des cris lointains résonnent, puis ceux d'un homme, plus nets :

– La police !

Ayla avait oublié le danger. Autour d'elle, c'est la panique. Une femme lui intime de courir. Vite !

Mais elle ne sait pas où aller, où s'enfuir. Ses jambes se bloquent. Là-bas, vers la sortie du parc, elle aperçoit des silhouettes qui grossissent à vue d'œil. Les policiers antiémeutes, semblables à ceux croisés sur Taksim ! Mêmes casquettes, mêmes cagoules. Ils courent eux aussi, se ruent dans sa direction. Elle s'accroupit derrière un buisson tout en cherchant Azad des yeux. Subitement, c'est le grand flou : elle ne s'attendait pas à un déluge de gaz lacrymogène. Ses yeux la brûlent et elle crie :

– Azad ! Azad !

Dans la confusion, elle aperçoit des policiers embarquant tous ceux qui leur tombent sous la main. Elle hurle de nouveau :

– Azad !

Et elle entend sa voix qui répond :

– Ayla ! Ayla, va-t'en !

Mais elle ne peut pas fuir, elle ne peut pas l'abandonner. Elle plisse les yeux en espérant le repérer. Elle finit par l'apercevoir près du bassin, en pleine confrontation avec un policier. Usant de son tableau noir, il se protège comme il peut tandis que les coups de matraque claquent telles des balles sur l'ardoise. Sans réfléchir, elle court vers lui, et lorsqu'il l'aperçoit, l'affolement le saisit. C'est trop risqué, elle se jette dans la gueule du loup ! Avec une force décuplée par le désir de la protéger, Azad parvient à faire tomber le policier à la renverse, puis il la saisit par la main, l'entraîne. Sans plus rien comprendre, sans même respirer, Ayla s'accroche à lui, et ils foncent dans la nuit.

Dans le salon du petit appartement de location Airbnb loué pour le week-end, Azad se confond en excuses. Il s'en veut de lui avoir fait courir un tel risque. Il craint d'avoir perdu sa confiance.

– Pas du tout ! rétorque Ayla.

Elle se veut rassurante mais c'est surtout elle qu'elle cherche à rassurer. Dans sa tête, elle chasse le pire, cette idée noire d'une arrestation et de ce que cela aurait signifié pour sa fille. Azad se laisse tomber dans le canapé en repoussant son tableau jeté sur les coussins. Un miracle, d'avoir pu le sauver. Voilà plus d'un an qu'il le promène tous les week-ends de parc en parc, de ville en ville, pour évoquer la cause des Kurdes, des minorités, des opprimés. L'idée lui est venue avec les purges. Il lui fallait trouver un moyen de maintenir en vie les matières bannies des universités. Il avait aussitôt pensé au film *Le Tableau noir* de l'Iranienne Samira Makhmalbaf, projeté il y a quelques années dans une salle d'art et d'essai du quartier Kadiköy. Lui était revenue l'image de cet instituteur sillonnant les villages kurdes, sa grande ardoise sur le dos, pour transmettre le savoir aux enfants privés d'école. Il voulait être cet instituteur. Celui qui ouvre des fenêtres sur le monde quand les portes se referment. Depuis son premier cours improvisé, la police s'était toujours tenue à distance, peu impressionnée par ces rassemblements d'à peine quinze personnes. Cette fois-ci, elle n'a pas dû apprécier l'attroupement, bien plus dense que lors des séances précédentes. C'est le propre des autocrates que de craindre les foules qui ne leur sont pas acquises. Il aurait dû s'en douter. Mais dans ces moments de grande communion, on oublie tout, y compris la peur.

Ayla l'écoute, émue par ce jeune homme qui possède à lui seul l'énergie de dix professeurs. Sa détermination vient probablement d'une blessure lointaine, aussi profonde que cette cicatrice qui souligne son sourcil.

– Et ça, c'est quoi ? ose-t-elle en la pointant du doigt.

À l'université, Azad avait déjà remarqué que sa balafre semblait intriguer Ayla. Maintenant, il peut lui dire.

– C'est un éclat d'obus mal soigné, durant le siège de Cizre... Tous ces mois où je n'ai pas pu assister à tes cours.

Lui d'ordinaire peu disert sur son engagement finit par parler. Il lui dit que c'est plus fort que lui. Il est né de cette colère héritée de sa terre natale, son Kurdistan écartelé entre plusieurs pays, abandonné depuis quarante ans aux puissants et à la lutte armée. De cette colère, il a fait un moteur. Sa famille en a suffisamment enduré, dans les années 1980, victime des rafles policières, des déplacements forcés, des massacres.

Azad ne raconte pas tout, cependant. Surtout pas le destin de son père, un professeur très respecté, torturé dans la prison de Diyarbakir pour avoir bravé l'interdiction d'enseigner le kurde. Il ne veut pas lui faire mal avec ses histoires. Elle souffre assez avec les siennes. Alors il entreprend la seule chose qu'il sache faire lorsque les souvenirs sont trop pesants. Il se met à chanter. C'est un chant apaisant – une berceuse que fredonnait sa mère dans son dialecte natal. Sa voix, d'abord hésitante, gagne progressivement en assurance. Ayla ferme les yeux, emportée par cette langue pour elle indéchiffrable. Lentement, elle se laisse envahir par la mélodie. Comme si elle pénétrait sa peau, réchauffait tout son être.

Quand Azad chante, c'est tout un pays occulté qui se raconte. Une nation sans État, dotée d'une langue, d'une culture, d'un accent singuliers. Sa terre à lui, c'est la poésie, les comptines d'avant la nuit, les chansons nocturnes porteuses d'une mémoire engloutie. Dans les mots fredonnés par sa mère et qu'il répète sans les comprendre, il y a les voix des Anciens, les histoires inhumées, celles qui n'ont jamais été partagées mais dont il reste une trace, dans les gestes, les intonations, transmis de génération en génération. Dans le simple fait d'être là. Vivant parmi les survivants. Ayla l'écoute, attirée par ce chant d'ailleurs, à la fois mélancolique et irradiant, qui l'invite à traverser des montagnes verdoyantes et blessées, des chemins escarpés, des villages dévastés. Emportée par la voix d'Azad, elle découvre un territoire dont elle ne s'était jamais vraiment préoccupée. En elle, tout s'entrechoque. Les joies et les peines, l'écho d'un passé vivant mais étouffé, les rafles d'antan et les massacres actuels. Van. Batman. Mardin. Siirt. Nusaybin. Cizre, tous ces noms de villes endeuillées, citées noir sur blanc dans la pétition pour la paix. Elle se souvient de ce que Göktay lui avait confié, un jour : « La langue est plus sûre qu'un pays. C'est le fil invisible qui nous relie au passé. »

À son tour, elle s'empare de cet air inachevé, transmis de lèvres en lèvres depuis le fond des âges. Elle répète le refrain dans sa tête pour en apprivoiser le tempo. Et comme une enfant balbutiant ses premiers mots, elle se met à chanter, de façon approximative. Mélodie de mots, de virgules, de points de suspension. À l'instant même, rien d'autre ne compte que les vibrations de cette mélopée, de ces sonorités qui s'entrelacent et sifflent au fond de la gorge. Elle pourrait fredonner des heures durant aux côtés d'Azad, portée par le rythme enivrant de leurs deux voix à l'unisson.

Brusquement, c'est le silence. Ayla garde les yeux clos. Elle sent ses lèvres sur celles d'Azad. Elle ne bouge pas, pas encore. Pas tout de suite. C'est une communion singulière, par-delà les mots. Elle finit par se ressaisir, embarrassée par ce moment d'abandon. Puis elle se lève, un peu gauche, prête à s'excuser. Azad est tout près d'elle. Il se contente de poser son index sur sa bouche. Pas besoin d'explication. Ils se sont compris. Mieux vaut en rester là.

Dehors, le soleil perce les nuages. Ayla rassemble ses affaires et Azad l'accompagne jusqu'à la porte. Elle ne doit pas manquer le premier train du matin pour Istanbul.

Ce matin, à 500 kilomètres d'Ankara, Göktay ouvre des yeux paniqués dans sa cellule. La nuit a été blanche. Dépourvue de rêves. Allongé sur son matelas, il étire son bras pour attraper la vitamine C qu'on lui a prescrite. Le comprimé glisse dans sa gorge avec peine. Il n'a plus l'habitude d'avaler. La veille de sa sortie d'hôpital, il y a quelques jours, l'infirmière avait rédigé un rapport médical concluant qu'il pouvait quitter son lit mais que son état de santé était incompatible avec ses conditions de détention. En vain. Le tribunal a de nouveau refusé sa libération conditionnelle, évoquant un « risque sécuritaire ».

Göktay veut croire que le cachet lui redonne de l'énergie et supplie son cerveau de faire revenir quelques images. Dans l'ordre. Le désordre. Peu importe, pourvu qu'il puisse retrouver un semblant de couleur. Il a beau se concentrer, rien ne vient. L'idée de ne plus pouvoir rêver l'épouvante. Dans sa tête, le blanc a tout colonisé. Il voudrait être capable d'éponger ce mucus aussi envahissant que la « morve de mer » sur les côtes du Bosphore, tant le détroit absorbe de déchets. À l'image de son estomac vide, son corps est un gouffre. Il ne perçoit rien d'autre que le bruit de sa respiration agitée. Bientôt, c'est son cœur qui s'emballe. Des pulsations incontrôlables. Une question cogne à ses tempes avec insistance : à quoi bon vivre quand on n'est même plus capable de rêver ? Sensation imminente de déflagration. Le kamikaze, c'est lui. Prêt à tout faire exploser.

Il relève la tête. Sa main droite saisit le gobelet à côté de lui, le jette contre la porte. Une pluie de verre retombe au sol. Il tente un pas hors du lit, tremblant. S'interrompt au premier éclat tranchant à ses pieds. S'en saisit. Il serre le poing de sa main gauche pour mieux faire ressortir les veines. Il suffirait d'une seule entaille pour faire couler le sang. Un éclair le traverse. Ayla. Deniz. Il n'a pas le droit. Pas le droit de leur faire ça. Ses pieds titubent en reculant. Il se tourne vers son lit, prêt à s'enfoncer tête la première dans son oreiller. Soudain, il s'arrête net au spectacle de sa couche. Il n'avait jamais remarqué la façon dont son corps sculpte le drap.

Un entrelacs de plis épars, de creux et de pleins enchevêtrés, comme s'ils traçaient le début d'un chemin. Göktay promène son regard sur chaque ligne, chaque relief. Il prend le temps d'étudier l'empreinte de son bras. Celle d'un pied, de sa tête. Chaque forme semble être une trace de son monde intérieur. Comme si, au milieu du vide imposé par ses rêves asphyxiés, un ultime cri l'avait saisi, dans la pénombre blafarde de sa nuit. Un alphabet du silence. Celui de son corps qui prend la relève. Corps-instrument. Corps haut-parleur, porteur d'un nouveau souffle entré par effraction. Souffle de vie, de survie. Souffle primitif qui vient du plus profond de soi, de l'enfance peut-être, lorsqu'aucun interdit ne minait la parole. Impression soudaine d'immensité, quand les barrages n'existaient pas. Quand, sur la plage, il s'amusait à tracer sur le sable fin des lettres imaginaires, de la pointe d'un coquillage.

Lentement, sa respiration s'apaise. Il s'agenouille au sol, pioche au milieu des éclats de verre le carnet laissé par son maton. Il l'ouvre. Quand la douleur se fait extrême, qu'aucun gémissement ne saurait la traduire, les mots perdent leur sens. Cette peine, cette terreur blottie au fond de soi, il faut pourtant pouvoir la dire, extraire si ce n'est des phrases, au moins une esquisse de langage. Alors, d'une traite, il se met à dessiner les formes déployées sur son matelas. C'est tout ce qu'il lui reste. Du papier. Un crayon. L'empreinte de sa nuit. Et la possibilité d'en réinventer les contours.

De retour à Istanbul, Ayla se précipite chez Fatma pour récupérer sa fille. À son visage figé, elle comprend tout de suite que quelque chose ne tourne pas rond. Elle a à peine embrassé Deniz et Kamar que la jeune femme lui indique sèchement un fauteuil où s'asseoir. Le temps d'envoyer la petite chercher des biscuits dans la cuisine, Fatma prend place en face d'elle et lance :

– Je sais tout !

Ayla sursaute, interloquée.

– Je sais tout, pour votre mari ! Il n'est pas mort. Il est en prison… Votre fille m'a tout dit…

Au retour de Deniz dans le salon, elle s'interrompt. Le mot « prison » n'a pas échappé à la fillette qui, au regard paniqué de sa mère, comprend sa gaffe.

– Oui, reprend Ayla. Il est en prison.

– À cause de la pétition. Je sais. Un de mes professeurs l'a signée. Il a été limogé. C'était mon prof préféré...

– Alors, vous comprenez...?

– Ce n'est pas la question. La politique est une autre affaire. Mais pourquoi me l'avoir caché? Je pensais qu'on pouvait se faire confiance...

Ayla aimerait lui expliquer que ce n'est pas dans ses habitudes. Que c'est le système qui la pousse à mentir. À pleurer, aussi, et à perdre la tête. Fatma lui tend un mouchoir.

– Désolée, c'est la fatigue.

– C'est une chance de pouvoir pleurer. Les larmes sont une planche de salut. Si nous ne pleurions pas, nous mourrions... Vous savez, si votre mari retirait sa signature, on lui ficherait la paix.

Ayla aurait préféré ne rien entendre. Elle fixe le visage de Fatma, son corsage boutonné jusqu'au cou. Il n'y a rien à répondre. Une seule phrase finit par sortir, malgré elle:

– Hors de question!

Fatma insiste:

– Ce n'est pourtant pas sorcier. D'autres professeurs l'ont fait avant lui. Ils ont aussitôt été pardonnés. Et ils ont retrouvé leur poste à l'université !

Maintenant, Ayla se retient d'exploser. L'idée de suggérer à son mari de renoncer à son combat la met hors d'elle.

– La paix n'a pas de prix, s'exclame-t-elle. Elle ne se négocie pas !

Sur le chemin du retour, dans le taxi, Ayla se précipite sur son mobile et tape : « Universitaires pour la paix ». Le texte, toujours en ligne, est recensé sur une multitude de sites. Elle ne prend même pas la peine de le relire. En un clic, elle signe la pétition. Pour Göktay, pour Azad, pour Nevra et pour tous ceux qui ont fait un cri du silence imposé.

Les jours suivants, Ayla remue ciel et terre pour obtenir un nouveau permis de visite. Elle s'acharne à demander des preuves de vie de Göktaÿ, sans succès. Chaque matin, elle noie son inquiétude dans un océan d'attentions pour Deniz. À la grille de l'école, elle remet en place une barrette, refait un lacet, glisse un sachet de bonbons dans une poche. Puis, une fois sa fille élancée dans la cour, elle rejoint l'autre versant de sa vie. Celui des rendez-vous avec l'avocat, des appels à Silivri, des interviews avec les derniers journaux indépendants qui tentent d'informer, malgré tout. Azad est d'un grand soutien. Depuis l'épisode d'Ankara, sur lequel aucun d'eux n'a préféré revenir, une complicité indéfectible les unit. Grâce à lui, un député du HDP, le parti de gauche pro-kurde, s'est emparé du dossier de Göktaÿ. Un matin, il appelle Ayla avec une bonne nouvelle. À force de pression sur le Parlement, la Commission des droits de l'homme, dont il fait partie, a obtenu du tribunal un courrier attestant qu'elle peut enfin aller voir Göktay. Au bout du fil, Ayla tressaille de soulagement.

– Mais préparez-vous, ajoute-t-il. Il est très affaibli.

Dans la pièce réservée aux visites familiales, Ayla ne reconnaît pas tout de suite son mari, assis dans un fauteuil roulant. Elle se jette à ses pieds.

– Ne t'inquiète pas, bredouille Göktay.

En se relevant, elle prend la mesure de la situation. Les mains frêles de son époux pendent le long de son corps comme deux branches fatiguées. Elle n'ose plus l'enlacer et se contente de caresser sa joue d'une paume prudente. Göktay frémit, électrisé par ce contact charnel auquel il n'est plus habitué. Lentement, Ayla l'embrasse. Puis elle s'assied en face de lui.

– Tiens, c'est de la part de Deniz, dit-elle, en lui donnant un dessin.

« Grève des chats pour le retour de papa », annonce une bulle au-dessus d'une trentaine de museaux.

Göktay esquisse un sourire.

– Moi aussi, j'ai quelque chose pour vous.

Il tend fébrilement à son épouse une pile de feuillets, qu'elle saisit avec curiosité. Elle pose aussitôt ses yeux sur le premier d'entre eux et découvre un dédale de lignes et d'arabesques, comme des lettres en mouvement. Un croquis abstrait, entre estampe et calligraphie.

– C'est moi quand je dors, explique-t-il. Je n'arrive plus à rêver. Alors chaque matin, au réveil, je me dessine en reproduisant les plis de ma nuit. Chaque jour, une empreinte différente de mon corps sur les draps. J'en ai fait une série.

Ayla étudie un à un les dessins, émue par ce qui ressemble à une nouvelle langue, à la fois fragile et audacieuse. Ses doigts caressent les traits ébauchés, suivent les courbes, accompagnent leur trajectoire. Elles ont la nervosité d'un muscle et la mélancolie d'une fleur fanée. Il y a dans ces tracés toute la puissance des non-dits, tout un silence qui bruisse de mots absents. Elle y devine la main d'un homme qui a perdu la force d'écrire, mais qui invente un vocabulaire singulier dont lui seul détient les codes. L'ébauche d'une renaissance. Une porte qui s'entrebâille en dépit des barreaux.

Lui revient ce que, dernièrement, on lui raconta sur Selahattin Demirtas, l'opposant kurde qui s'obstine à prendre la plume depuis les confins de son isolement forcé à Edirne pour écrire des nouvelles à la lumière d'une bougie, sur les crimes d'honneur, le travail des enfants, l'exil et la guerre. Ces textes tendres et subversifs, discrètement sortis de prison par ses avocats, un éditeur envisagerait même d'en publier une compilation. Elle repense aussi aux œuvres de la jeune artiste plasticienne Zehra Dogan, peintes à partir de pinceaux bricolés avec les cheveux de ses codétenus dans la prison de Diyarbakir. Dans son cachot, elle utilise tout ce qu'elle a à portée de main, sang menstruel et graines de café pour la couleur, serviettes, draps et chemises pour les supports, afin de poursuivre ses créations.

Isolé dans sa cellule, Göktay ne sait pas que d'autres prisonniers, ailleurs en Turquie, s'essaient comme lui à de nouvelles formes. Chacun dans sa solitude avance à l'aveugle, puise à l'intérieur de soi quelque chose qu'il ignore. Ils ne peuvent échanger, mais ce qui se dit là, dans les croquis de son mari, c'est leur peine et leur force communes.

– Tu n'aimes pas mes gribouillages? s'inquiète Göktay.

Ayla sourit. Le nez dans les dessins, elle déploie son regard sur chaque feuille, chaque forme. Elle suit l'errance du crayon. Sa traversée sur le papier. Sous ses yeux, les courbes font des vagues. Elle perçoit aussi le risque du naufrage. Elle sent que Göktay est à deux doigts de flancher. Pourtant, il s'accroche. Elle lit tout ça entre les lignes. Elle le comprend et elle l'admire. Pour son refus de se taire. Pour sa capacité à composer un alphabet imaginaire quand il n'a plus la force de rien.

Et elle se dit que c'est ça, la liberté : vivre jusqu'au bout des mots.

– C'est magnifique, *canim*, c'est magnifique ! dit-elle, en rassemblant les croquis pour les glisser dans son sac. Un jour, on en fera une exposition.

Le pouvoir non plus ne manque pas d'imagination. La langue est son épée. Aiguisée pour mentir.

– Dis donc, il s'aime beaucoup, le président ! lâche Deniz en pleine rue.

Les portraits de celui qu'elle tient pour responsable de l'enfermement de son père sont partout en ville. Ces jours-ci, un référendum se prépare. Les Turcs sont appelés à voter pour ou contre un système présidentiel, pour ou contre l'augmentation des pouvoirs d'Erdogan, pour ou contre un homme fort, vaillant, capable de tenir tête à l'Occident avec la même poigne que les sultans d'autrefois.

– Chuuuuut ! réplique Ayla pour que son enfant soit plus discrète.

L'autre matin, elle a appris que le passager d'un bus a été placé en garde à vue pour « insulte au président » parce qu'il avait affirmé haut et fort qu'il voterait « non » à la réforme de la Constitution. En entendant cela, le chauffeur s'était arrêté devant le commissariat le plus proche pour dénoncer cet « ennemi de la Nation ».

Ayla se demande comment il est possible de croire à des mensonges si grossiers. Il n'y a que les faibles et les cancres qui se compromettent ainsi. Elle pense à ses étudiants, à leurs inventions abracadabrantes pour justifier un retard, un devoir oublié, un livre non lu. Combien de fois, au cours de ces dernières années, les a-t-elle entendus raconter la mort d'un grand-père, plusieurs fois enterré, un métro bloqué en pleine voie ou une tasse de café renversée sur la dissertation à rendre ? Combien de fois a-t-elle souri à leurs grimaces forcées et leurs airs gênés ? Là, il n'y a pas de quoi sourire. Tout juste de quoi se désoler, face à ce chef suprême qui usurpe la vérité en convoquant arbitrairement le passé au service d'un projet politique très contemporain. Quel avenir garantir à une société où le mensonge est roi ? Cette société qui, pourtant, ne cesse de la surprendre, comme ces affichettes prônant le « non » placardées à la sauvage sur les murs d'Istanbul. Aussitôt collées, aussitôt raturées, mais toujours lisibles malgré les coups de marqueurs des sbires du régime. Et elle se rassure en se disant qu'il est peut-être là, l'espoir auquel s'accrochent Azad et ses étudiants. Dans cette somme de petits actes de défiance face à un « oui » imposé.

Le 16 avril 2017, les partisans du système présidentiel finissent par l'emporter, de justesse, avec seulement 51,4 % des voix. Quelques jours plus tard, Ayla croise Fatma, sous un panneau célébrant cette victoire en trompe-l'œil. Elle évite le sujet. La polarisation qui sévit dans le pays laisse peu de doute sur leur vote à chacune. C'est Fatma qui engage la conversation :

– Pour la première fois depuis que j'ai l'âge de voter, je ne suis pas allée aux urnes, à cause d'une grippe carabinée…

Ayla fait deux pas de côté sur le trottoir, pour s'effacer devant des piétons pressés.

– En d'autres temps, j'aurais avalé une aspirine et je serais quand même sortie. Là, je ne sais pas ce qui m'a prise… Je suis restée chez moi.

Mille questions démangent Ayla. Elle se trompe peut-être, mais elle perçoit dans l'alibi de Fatma une forme de résistance non assumée. Quelque chose d'embryonnaire qui annonce une possible métamorphose. Elle se garde de l'embarrasser avec ses interrogations. Il faut parfois du temps pour comprendre que rien, pas même un rhume, n'est fortuit. Le corps a ses raisons, y compris politiques. Résister, c'est aussi ça. Se taire. Mais pas complètement.

La réforme de la Constitution votée, le futur prend des allures de présent accéléré. Les semaines se succèdent. Les nouveaux décrets aussi. Les mois se donnent la réplique au rythme de nouvelles purges, de nouvelles arrestations. Les événements s'enchaînent et se morcellent, pour mourir aussitôt sous les pas des gens pressés, qui ne lisent que les gros titres. Ou ne lisent plus. Seules les saisons persistent, avec leurs températures extrêmes. Parfois, leurs surprises inespérées. Début décembre 2017, l'avocate réapparaît par miracle. Au téléphone, Dilek Yilmaz évite de se perdre dans les détails. Elle se concentre sur son client. Göktay. Elle a une nouvelle encourageante : le procès des signataires de la pétition pour la paix vient d'être annoncé. Il commencera dans quelques jours, à Istanbul. Et Göktay a été autorisé à passer un appel à sa famille.

En raccrochant, Ayla se laisse glisser au fond de sa chaise. Un sentiment de légèreté l'envahit. Maintenant qu'Erdogan a les pleins pouvoirs, l'heure de la « leçon » est peut-être enfin terminée. Si le président estime qu'il peut lâcher du lest, tout redevient possible pour Göktay. Et pour les autres.

Lorsque son mari téléphone de prison, il est déjà au courant. Sa voix, toujours fragile, s'est épaissie.

– J'ai recommencé à manger un peu, dit-il.

– Bravo ! l'encourage-t-elle.

Elle sait qu'il revient de loin, mais le plus dur est derrière lui. Il a désormais de vraies raisons de s'accrocher. L'avocate l'a néanmoins prévenue : avec lui, ce sont plus de huit cents professeurs qui seront convoqués, poursuivis pour « propagande en faveur d'une organisation terroriste ». Il va falloir s'armer de patience, les procédures vont certainement prendre des mois, peut-être des années. Il est dans l'intérêt des autocrates de maintenir les garants du savoir en otage. De priver les futures générations d'une éducation digne de ce nom le plus longtemps possible. Une bouche fermée, ce sont des centaines d'oreilles reprisées. Pourtant, Ayla y croit. L'espoir revient malgré tout.

Le palais de justice de Caglayan fait figure de mastodonte face aux fourmis humaines qui grouillent sur son parvis. À peine sortie du taxi, Ayla reconnaît l'avocate à son grand chignon crêpé émergeant d'une nuée de badauds. Elle se rapproche, impressionnée par ces dizaines de mains brandissant un portrait de son mari, le premier à être jugé. Au milieu de la foule, quelqu'un est déjà en train de lire un court message de soutien, en turc et en anglais.

– Il y a du beau monde, lui glisse l'avocate, indiquant du menton les logos des télévisions occidentales et un groupe de professeurs venus spécialement de l'étranger.

Ayla opine, en se laissant guider dans l'enceinte du tribunal. Elle se courbe instinctivement pour franchir la porte principale de ce monstre de verre et de béton où pénètrent quotidiennement tant d'innocents. Puis relève le torse au niveau du *turnike*. Ne pas faiblir, surtout, ne pas se laisser démonter. Ni par les deux hommes, probablement des policiers en civil, qui les suivent, leur téléphone portable à la main. Ni par la gigantesque statue de Thémis, déesse d'une Justice bafouée, qui trône en plein milieu du hall. En montant l'escalier, impossible de la lâcher des yeux, tant elle semble au bord de l'effondrement sous le poids de son énorme balance, aussi lourde qu'absurde.

Au deuxième étage, la salle d'audience est, à l'inverse, étrangement minuscule. Une boîte de sardines d'à peine quarante places, déjà prises d'assaut. Ayla joue des coudes pour réussir à s'asseoir au premier rang, tandis que Dilek s'assied dans le carré réservé à la défense. Elle se retourne et découvre avec soulagement quelques visages familiers – des amis de Göktay, des confrères de Galatasaray –, ainsi que les ambassadeurs de France et de Grande-Bretagne. Azad aussi est là, collé le long du mur avec d'autres étudiants. À l'arrivée du procureur et des trois juges, la salle s'anime. Traits secs, lunettes carrées, cheveux gominés, quatre clones, la trentaine à peine, qui s'alignent sous un portrait chromé d'Atatürk où l'on peut lire : « La justice est le fondement de la Nation. » Ayla ne se fera jamais à cette hypocrisie.

– Faites entrer l'accusé, annonce le président de la cour.

Derrière lui, la porte de service grince et apparaît aussitôt la silhouette chétive de Göktay, semblable à un Giacometti. Escorté par deux gendarmes, il ouvre grand les yeux sur le public. Il n'a pas vu autant de monde depuis si longtemps. Impassible, le président lui ordonne de rejoindre le banc des accusés puis, d'une traite, énonce son réquisitoire avant de le bombarder de questions.

– Avez-vous déjà porté une arme ?

– Non.

– Êtes-vous membre d'une organisation terroriste ?

– Non…

– Soutenez-vous le PKK ?

– Non !

– Avez-vous déjà songé à renverser le gouvernement ?

Göktay sent la colère monter. Ce magistrat est bien trop jeune pour occuper un tel poste. Un stagiaire, sans doute, recruté pour remplacer au pied levé un des nombreux juges purgés depuis le putsch.

Göktay ne doit pas s'énerver, surtout pas. Il ne doit pas hausser le ton. Alors, il ferme les yeux pour trouver l'énergie nécessaire et répondre :

– À bien y réfléchir, j'en ai peut-être rêvé dans mon sommeil. Notre président, lui, arrive bien à lire dans le marc de café !

Le juge ne lâche pas un sourire et, d'une pile de documents, brandit haut une feuille.

– Pas la peine de rêver !

C'est la pétition. L'émotion submerge Göktay. Il ne se retient pas :

– Si les mots étaient des bombes, ça se saurait depuis longtemps !

Son avocate surenchérit :

– La liberté d'expression n'est pas un crime !

Elle poursuit, réclame de vraies preuves :

– Depuis deux ans que mon client est en prison, vous n'avez même pas été capable d'apporter un seul élément tangible au dossier. Ce procès est une coquille vide. Vide de sens et de toute logique. C'est un procès pour l'exemple, pour mettre à terre la société civile !

Un déluge d'applaudissements irradie la salle, suivis de youyous et d'encouragements.

– Assez ! s'échauffe le juge, mais sa voix se perd dans les huées.

Furieux, il tape du poing sur la table, en menaçant de mettre fin à la séance. Le silence retombe aussitôt. Göktay se tourne alors fébrilement vers le public en réclamant deux petites minutes d'attention. Il veut parler.

– Allez-y, peste le juge. Mais, par pitié, soyez bref !

Göktay se contorsionne, mains agrippées au pupitre. Il sent les regards sur ses épaules. Il devine celui d'Ayla, ceux de ses confrères et amis. Il ne doit pas flancher. C'est le moment ou jamais de parler.

– Parfois… commence-t-il. Parfois, en pleine nuit, des images du passé que je croyais ensevelies me reviennent. J'ai six ans. Mon père en a trente. Il porte un uniforme qui fait rêver mes copains. À peine plus haut que trois pommes et je suis déjà fier. Mon papa. Un grand général dans l'armée. Ce n'est pas donné à tout le monde. Je le revois encore. Ce jour de 1979. Je le sens encore, ce baiser posé sur ma joue avant de s'en aller. J'ai l'habitude de le voir partir pour ses missions dans les montagnes reculées du Kurdistan. À l'époque, il n'y a pas de portable et il appelle rarement. Un soir, le téléphone sonne. Ma mère décroche. À son visage défait, je sais que ce n'est pas la voix de papa dans le combiné. Je comprends, sans mesurer encore toute la gravité de la scène, qu'il est arrivé quelque chose.

Göktay laisse retomber ses bras. Il n'ose pas se retourner. Puis il reprend la parole, fixant le juge, qui fait mine de ne pas écouter.

– Ma mère a mis deux ans pour me dire… que mon père… que mon père avait été assassiné. Mon père, monsieur le juge, fut l'une des premières victimes de la guérilla kurde. Évidemment, vous êtes trop jeune pour vous en souvenir. Vous n'étiez même pas né.

Le magistrat se redresse sur sa chaise, les lèvres crispées. Göktay ne lui laisse pas le temps de réagir.

– Oh, je ne vous en veux pas, monsieur le juge. Notre pays nous a tous programmés pour oublier. Ma mère la première. Incapable, à l'époque, de me donner plus de détails. J'en ai tremblé pendant des mois. Je n'en dormais plus. Dès que je rentrais de l'école, je me blottissais sous mon édredon. Je barricadais la fenêtre de coussins. J'encerclais mon lit de peluches. J'ai grandi dans ce silence. Je me suis juré de n'en parler à personne. La douleur était trop profonde, innommable pour l'enfant que j'étais.

Göktay s'interrompt pour reprendre sa respiration.

– Avec le temps, enchaîne-t-il, on tente d'apprivoiser l'absence. Parfois, des souvenirs resurgissent, des morceaux s'assemblent. Alors on esquisse un portrait, que l'on espère affiner au fil des années… On se bat pour des causes, hanté par ce passé dont on a hérité.

Il relève la tête et regarde le juge droit dans les yeux.

– Maintenant, j'espère que vous comprendrez pourquoi il est impossible qu'une personne comme moi soutienne le PKK.

Dans la salle, l'émotion se mêle aux applaudissements. Göktay ravale sa salive, il se sent vidé. Devant lui, le juge regarde sa montre et s'impatiente.

– Je n'ai pas fini, ajoute Göktay, le souffle court. Ce matin, avant de monter dans la fourgonnette, j'ai failli renoncer à venir me défendre. Dans un pays qui confond fiction et réalité, je suis perdant d'avance. Mais si je suis ici aujourd'hui devant vous, c'est pour ma femme et ma fille. Je sais trop bien la peine de Deniz. Je vois ses petits yeux inquiets lorsqu'elle me rend visite. J'ai vécu cette inquiétude-là au même âge. Comment aurais-je pu imaginer que cette même angoisse, je la retrouverais un jour dans le regard de mon propre enfant ? Elle ne mérite pas ça. Qu'on en finisse avec ce simulacre de justice ! Si vous ne le faites pas pour moi, faites-le pour elle.

Le silence, de nouveau, envahit le public, aussi pesant que tous ces regards muets suspendus aux lèvres de Göktay. Figée sur son banc, Ayla est statufiée, bouleversée par ce qu'elle vient d'entendre. Et soulagée. L'histoire de son mari, c'est son histoire. Un puzzle aux pièces manquantes qui se recompose enfin. Elle en est encore à recoller les morceaux quand le juge lance :

– La séance est close. Nouvelle audience dans quinze jours !

L'avocate se rebiffe aussitôt, exigeant du tribunal qu'il concède au moins la libération conditionnelle à son client. Mais le procureur fait mine de ne pas entendre.

– Qu'on fasse entrer l'accusé suivant !

À ce moment précis, plus rien ne semble être un obstacle pour Ayla, à part cette haie de gardes qui la sépare de quelques centimètres de son mari. Elle s'élance de son banc pour la contourner et se jette sur Göktay. Devant la scène, le juge s'agace :

– Assez, voyons ! Assez !

Les bruits de la salle couvrent sa voix. Un déluge irrépressible de larmes et de rires.

– Bon sang, hurle-t-il aux gendarmes, faites quelque chose !

L'un d'eux se décide à réagir, timidement d'abord, bientôt suivi par un deuxième, puis un troisième. Ayla a beau se débattre, elle est tirée vers la sortie par deux paires de bras musclés. Elle a juste le temps de voir les menottes passées aux poignets de Göktay.

– Vous devriez avoir honte ! C'est vous qui ne voulez pas la paix ! Vous qui déclarez la guerre quand nous cherchons à l'empêcher !

La fureur s'est emparée d'elle. Le magistrat lui lance :

– Taisez-vous si vous ne voulez pas finir à votre tour sous les verrous. Vous pensez que je n'ai pas vu votre nom ajouté à la liste des signataires ?

Tandis qu'elle dérive vers le couloir, emmenée par les gendarmes, Ayla ne quitte pas le juge des yeux :

– Mon seul crime, c'est de ne pas avoir signé cette pétition plus tôt ! Vous m'entendez ? De n'avoir pas signé plus tôt !

Dehors, sur le parvis, une foule en émoi emporte Ayla comme une vague. Elle a l'impression de flotter au milieu des cris d'encouragement, des baisers volants et des applaudissements. D'une seule voix, les professeurs entonnent « Paix, justice, liberté » en lui faisant une haie d'honneur. Elle voudrait tous les embrasser pour les remercier d'être là. Leur donner l'accolade comme à des amis de toute une vie. Elle est épuisée, pourtant elle se sent allégée par ce qu'elle sait, maintenant. Au milieu de la cohue, retenue par un cordon de policiers, une reporter française se fraie un chemin pour lui tendre son micro.

– Alors, pas trop abattue ?

– Pardon ? s'étonne Ayla.

– Oui. Pas trop triste ?

– Triste ? répète Ayla. Vous voudriez que je pleure ?

La journaliste insiste :

– Ça ne doit pas être évident d'être une victime.

Ayla ne flanche pas :

– Une victime ? Tant qu'on se battra pour faire libérer mon mari, aucun de nous ne sera une victime !

À la maison, ce soir-là, Deniz est dispensée de devoirs. Le matin même, en la déposant à l'école, Alya lui a promis de lui raconter l'audience dans les moindres détails. Sa fille sur les genoux, elle lui répète avec le plus de justesse possible les mots de son père, décrit la salle, tous ces gens présents, les juges, leur bouche pincée comme un cul de poule.

– Comme au théâtre ? pouffe Deniz, les mains pressées sur ses lèvres. Comme ça ?

– Oui, c'est ça… Comme au théâtre, exactement.

Deniz se tait. Un voile assombrit son visage. Ayla la serre dans ses bras.

– Ça va ?

– Oui, ça va ! Mais je me disais… Ce serait quand même bien si les barreaux de papa pouvaient se transformer en spaghettis… Tu sais, comme quand tu les laisses trop longtemps dans l'eau bouillante et qu'ils sont tout ramollis...

– Oui, je vois ! sourit Ayla.

– Comme ça, papa pourrait passer à travers et revenir à la maison !

Sur ces mots, elle file dans sa chambre. Dans la cuisine, Ayla ouvre une bouteille de raki. C'est la première fois depuis deux ans. Son verre à la main, elle s'assied sur le balcon. Au loin, l'appel à la prière annonce le crépuscule. Côté rue, sur le toit d'en face, une nuée de pigeons prend son envol vers le ciel. Elle suit des yeux leur mouvement synchronisé. Ce moment de grâce, sauvage et majestueux, lorsqu'ils semblent percer les nuages surplombant le Bosphore. Son regard épouse leur danse. Il décolle avec eux. Elle imagine leur reflet à la surface de l'eau, sublimant l'effet de cette chorégraphie. Puis les voilà qui redescendent déjà vers la cage du voisin colombophile, qui leur fait signe de revenir. Tandis qu'ils rejoignent leurs nichoirs, elle les regarde encore et encore, pensant aux jeunes oiseleurs du roman de Yachar Kemal, *Alors les oiseaux sont partis...* À ces bandes de gamins qui capturent les volatiles pour mieux ensuite leur rendre leur liberté. La coutume se répète ainsi depuis la nuit des temps. Et elle se dit, songeuse, qu'il est peut-être là, le meilleur résumé de son pays. Dans cet instinct d'oppression. Dans l'insatiable soif d'évasion qu'il nourrit.

Depuis ce jour, Ayla ne manque aucun procès. Elle est toujours la première sur le parvis de Caglayan. Prête à dérouler la bannière des Universitaires pour la paix. À brandir le mégaphone à la barbe des policiers. Il lui arrive de passer des journées entières dans l'enceinte du tribunal. Une ville dans la ville, avec ses dizaines de salles de cours d'assises, sa cafétéria, son espace fumeurs plein à craquer. Parfois les audiences s'étirent jusqu'à la nuit tombée. Parfois elles sont expédiées en moins de cinq minutes. En fait, tout dépend des magistrats, de leur humeur du jour et, sans aucun doute, des instructions venues d'en haut. À force de les observer, Ayla s'est habituée à leur comportement erratique, à leur manque de logique et à leurs décisions imprévisibles. Un confrère a été condamné à cinq ans de prison avec sursis, quand un autre s'en est sorti avec seulement quinze mois. La plupart du temps, les jugements traînent. Les accusés sont baladés d'audience en audience. En deux mois, Göktay a été convoqué trois fois. Deux séances éclairs, et une annulée à la dernière minute parce que la fourgonnette qui devait l'amener de Silivri était tombée en panne.

Ayla s'acharne à décrypter ces dysfonctionnements. Elle veut y voir un signe de précaution, peut-être de résistance. On murmure que les juges ne sont pas tous vendus à la cause du pouvoir. Que certains mettraient un point d'honneur à ne pas être totalement instrumentalisés. Elle a même entendu dire que l'acte d'accusation des pétitionnaires pour la paix avait été rédigé par un procureur aujourd'hui en détention à cause de son affiliation à la mouvance güléniste. C'est dire à quel point le système judiciaire est gangrené de l'intérieur, victime de conflits politiques et d'alliances à géométrie variable, qui finiront, peut-être, par tout dévorer. Dans l'espoir d'un sursaut, les universitaires essaient parfois de jouer avec ce système, en prolongeant sciemment les procédures, prétextant un déplacement en province, un alitement forcé ou le deuil d'un parent.

Ayla n'en revient pas de leur persévérance et de leur inventivité durant les plaidoyers. Elle admire ceux qui citent Émile Zola et Albert Camus, ceux qui rivalisent d'esprit, comme cette accusée venue se défendre en pyjama pour signifier son mépris envers cette farce judiciaire, ou encore ce professeur s'exprimant uniquement en vers.

Avec le temps, les tâches se sont naturellement réparties. Des professeurs s'improvisent dessinateurs judiciaires, d'autres alimentent des *lives* sur Twitter avec les décisions, qui tombent au compte-gouttes. Un groupe WhatsApp s'est constitué pour recenser les multiples incohérences de cette procédure aléatoire. Leur catalogue d'aberrations pourrait être d'une grande utilité, le jour où le cours de l'histoire changera en leur faveur. Entre deux audiences toujours bondées, tout ce petit monde se déverse sous la verrière du café Sutis, de l'autre côté de l'esplanade. Les professeurs, signataires ou non de la pétition, s'encouragent et se congratulent mutuellement tandis que leurs avocats prodiguent quelques conseils à ceux qui ne sont pas encore venus à la barre. Comment préparer sa défense, comment réveiller le juge qui feint de s'endormir, comment capter l'attention de celui qui fixe le plafond. Comment ne pas se laisser abattre par ce sinistre carnaval. Parfois, quand l'ambiance s'électrise, les séances se transforment en joutes oratoires, comme si chacun endossait un rôle, assimilant à la manière d'acteurs professionnels les codes de cette parodie de justice. Ayla aussi s'est faite au sien.

Un jour, une jeune policière l'a accostée.

– Professeure, un autographe, s'il vous plaît !

Étonnée, Ayla a d'abord cru à une blague. Mais son interlocutrice a répété sa requête avec le plus grand sérieux. Elle voulait faire plaisir à sa mère en lui rapportant la signature d'une « célébrité ». Elle lui avait déjà parlé d'elle – ses chemises bien repassées, son port de tête majestueux, digne d'une vedette du petit écran. Avant d'ajouter :

– Je vais vous faire une confidence. Depuis que les procès des universitaires ont commencé, je n'ai plus besoin de regarder de séries télévisées !

Ayla n'a su que répondre et a fini par céder en griffonnant ses deux initiales sur un bout de papier. Actrice de sa propre absurdité.

Pendant que la paix est en procès, le pouvoir poursuit sa guerre. Aux dernières nouvelles, une offensive turque a été lancée, fin janvier 2018, au nord de la Syrie. Sur ordre d'Ankara, l'armée pilonne sans relâche la ville d'Afrin, à majorité kurde, qu'elle accuse d'héberger des milices proches du PKK.

Un matin de mars, Azad fait irruption sans frapper dans le bureau d'Ayla. Il a le cœur gros. La nuit précédente, des copains de l'université Bogaziçi ont été arrachés de leur dortoir par la police.

– Tout ça pour avoir critiqué l'opération militaire ! lâche-t-il, essoufflé.

Ayla lui fait signe de s'asseoir. Le temps de poser son sac, il poursuit :

– Quand les premiers soldats turcs sont tombés au combat, des étudiants pro-régime ont installé en plein campus un stand de condoléances pour distribuer des loukoums *Turkish delights*, rebaptisés *Afrin delights*. Une provocation ! Les étudiants ont aussitôt sorti des bannières anti-guerre. Les deux groupes en sont vite venus aux mains.

L'affaire aurait pu s'arrêter là, si elle n'était pas arrivée aux oreilles d'Erdogan. En vingt-quatre heures, il s'est empressé d'ajouter les jeunes militants anti-*delights* à son interminable liste de « terroristes ». Dès le lendemain, les policiers ont raflé les étudiants du dortoir et les ont embarqués au commissariat le plus proche. Ayla tombe des nues en écoutant Azad. Elle savait qu'il était interdit aux journalistes de critiquer ne serait-ce que l'intitulé absurde de cette opération, baptisée « Rameau d'olivier ». Mais de là à s'attaquer une fois de plus au monde académique ! L'acharnement du pouvoir à déclencher des conflits ne connaît aucune limite. Comme s'il fallait un ennemi extérieur pour mieux combattre l'ennemi intérieur.

La « guerre » : le mot est désormais d'une affolante banalité. Il déteint sur les esprits, déborde dans les salles de classe, dans l'espace public comme privé. Ayla en a été témoin pas plus tard que la semaine précédente. Elle avait accompagné Deniz à l'anniversaire d'une copine en espérant se changer les idées. À l'heure du gâteau, le papa de la jeune fêtée a rassemblé tous les enfants dans le salon. Avant que sa fille ne souffle ses bougies, il leur a distribué des drapeaux turcs et fait chanter l'hymne national. Assis sur leurs tabourets, plusieurs parents ont applaudi. L'un d'eux parlait plus fort que les autres. Il s'extasiait de la ténacité du président, sauveur d'un pays assiégé, attaqué de toutes parts par des « ennemis malveillants ». Ayla en avait trop entendu. Pour éviter de faire un scandale, elle a tiré sa fille par la main et elles sont parties sans dire au revoir.

Ayla avise le visage pâle de son étudiant. Pour la première fois, Azad semble découragé. Il est presque éteint.

– Ça va ? demande-t-elle.

Le dos voûté sur sa chaise, comme écrasé par le poids de l'air, il se mordille l'ongle de l'index. Sous son regard insistant, il finit par craquer.

– On a beau vouloir se libérer, on ne s'évade jamais pleinement, tous pris au piège de notre propre histoire.

Ayla fronce les sourcils.

– Ces dernières semaines, je n'ai pas arrêté de penser à la plaidoirie de Göktay. À l'histoire de son père. Au courage qu'il a eu d'en parler…

Où veut-il en venir ?

– Tu te souviens ? Je t'ai raconté le sort que ma famille a subi. Les exactions dont elle a été victime.

Ce que je ne t'ai pas dit, c'est que mon père était un enseignant dévoué, sans problème, qui adorait son métier. C'était dans les années 1970, à l'époque où notre dialecte était banni. Le soir, une fois les devoirs corrigés, il recevait discrètement les gamins du village dans son salon pour leur apprendre à lire et à écrire en kurde. Parfois, il agrémentait ses cours de chansons ou de poèmes. Jusqu'au jour où il fut dénoncé, probablement par un voisin, puis arrêté.

La voix d'Azad se fait soudainement plus affirmée.

– La prison l'a détruit, poursuit-il. À sa libération, il ne ressemblait plus à rien. On l'avait sous-alimenté, on lui avait arraché des dents, brûlé le dos avec des cigarettes. Tout ça pour avoir essayé de garder notre langue vivante ! Il était perdu et ne pensait plus qu'à la mort. Un jour, un membre du PKK l'a approché. C'était le tout début de la guérilla. Le Parti des travailleurs du Kurdistan ne portait pas encore ce nom-là. Il cherchait de jeunes recrues. Le combattant lui a mis une kalachnikov entre les mains et lui a assuré que c'était le meilleur moyen de prendre sa revanche. Mon père n'avait jamais tenu une arme mais il n'avait plus rien à perdre. Alors, dans un élan de désespoir, il a suivi ses consignes à la lettre : se cacher toutes les nuits derrière le mur d'enceinte d'une garnison militaire de Mardin pour tirer au moment opportun. Dès le premier soir, il a appuyé sur la détente. Un tir hasardeux, sans cible particulière. Un des soldats est tombé, mort sur le coup.

Embarqué dans son récit, Azad articule chaque phrase avec précaution, comme si le passé était un vase friable, à manier avec délicatesse.

– Quand on a de nouveau arrêté mon père, il n'a opposé aucune forme de résistance. Il s'en voulait de son geste. Il s'en est voulu toute sa vie. Il l'a constamment répété à ma mère lorsqu'elle lui rendait visite. Puis à moi, son fils, conçu des années plus tard en prison, d'un amour plus solide que les barreaux. Mon père n'était pas né pour tuer. Ses armes, c'étaient les mots. Il a été condamné à la perpétuité et jusqu'à sa mort, il y a presque deux ans, les juges n'ont jamais voulu entendre ses excuses. Ils n'ont jamais accepté de faire la distinction entre lui et la guérilla. Quand j'ai entendu Göktay parler de son père au tribunal, je n'ai pu m'empêcher de penser au mien. À l'idée que son assassin aurait pu être mon père. Que l'un comme l'autre sont les victimes d'une guerre qu'ils n'ont jamais voulue.

Ayla se tait, interloquée par le télescopage de ces deux destins.

– Avant-hier, Mardin. Hier, Cizre. Aujourd'hui, Afrin… Chaque nouvelle guerre est un fragment de shrapnel qui ravive une cicatrice, la mienne, celle de mon père, celle de mon peuple, et de la Turquie, aussi. Je me sens à fleur de peau.

Lentement, il soulève les manches de sa chemise, révélant des hématomes sur ses avant-bras :

– La semaine passée, quatre colosses m'ont attaqué en plein milieu d'un parc, au moment où je plantais mon tableau noir. Ils m'attendaient, visiblement. Ils m'ont tout pris : mon tableau, mon chevalet, mon sac à dos.

Soudain, il regarde sa montre et s'agite. Il lui reste peu de temps pour trouver un bon avocat qui défendrait ses copains étudiants. Sa tristesse ravive la colère d'Ayla. Alors qu'il s'apprête à partir, elle lui lance, les yeux dans les yeux :

– On ne les laissera plus jamais nous bombarder avec leur propagande ! Tu entends ? Plus jamais !

Azad hausse vaguement les épaules, mais Ayla, elle, a déjà une idée en tête.

Ayla est en nage lorsqu'elle arrive chez elle, tant elle a marché vite. Elle ne prend pas la peine de retirer son manteau et se rue dans sa chambre. Devant le placard, elle inspire à fond. C'est là qu'elle a rangé les dessins de Göktay, bien aplatis les uns sur les autres, sous une pile de pull-overs. Dix minutes plus tard, elle est de nouveau dans la rue, les feuilles roulées dans un tube de carton. Elle avance, décidée, frondeuse presque, sur l'avenue Istiklal pleine de monde. Plus loin, elle entre dans la première librairie. Elle grimpe deux par deux les marches qui mènent au rayon papeterie. Sur l'étagère du fond, elle trouve ce dont elle a besoin. Un stylo effaçable, un chiffon, un paquet de pinces et d'aimants. Reste à choisir un tableau blanc. Elle s'empare du plus grand puis dévale l'escalier jusqu'à la caisse. Le regard de l'employée est presque méfiant quand elle lui tend ses achats. Peu importe ce qu'on pense d'elle. Elle ne craint plus les préjugés. Elle ne craint plus personne. C'est à son tour désormais d'ajouter sa pierre à l'édifice.

Elle a choisi le parc Maçka, du quartier Şişli. C'est l'un des plus fréquentés en journée. À peine arrivée, rapidement entourée de passants intrigués, elle installe le grand tableau blanc contre un arbre. Sous les regards amusés, elle accroche un à un les dessins de son mari aux branches. Puis elle se retourne vers son auditoire improvisé :

– « Ils peuvent tout m'enlever, mais jamais mon silence. »

Ce sont les mots de Göktay. Elle est tombée dessus en déroulant un croquis. Ils résument si bien la fragilité et la force, le cri étouffé qu'ils sont tant à partager. Les dessins disent le reste : l'oppression, les non-dits, le langage du corps lorsqu'il prend le relais du rêve brimé.

– Le silence est un espace, insiste-t-elle, qu'aucune dictature ne pourra jamais atteindre.

Elle n'aurait jamais imaginé sa voix capable de porter autant. Tout ce que le parc a d'oreilles et d'yeux converge vers elle. Un joggeur ralentit sa course, des femmes s'approchent, un groupe de jeunes s'assied sur le gazon. Ayla rougit. Mais, encouragée par tous ces regards attentifs, elle puise en elle la force de sortir de son sac un exemplaire de la pétition. Le document, qu'elle n'avait jamais osé exhiber auparavant, est aussitôt fixé au tableau blanc. Son tableau à elle.

Concentrée sur son public, elle ne voit pas les policiers en civil qui viennent dans sa direction. Elle est captivée par les titres des journaux censurés et tous ces logos apparus devant elle : le chromosome violet des féministes, l'arc-en-ciel des LGBT, le soleil kurde… Dans la foule, des voix étouffées, oubliées, murmurent leur envie de résister. Ces « petits riens » qui sont déjà « beaucoup », se dit-elle, en pensant à la chanson de Gainsbourg.

Soudain, un policier hurle :

– Les rassemblements sont interdits !

Ayla relève la tête. La panique lui serre le ventre. Engourdit tous ses membres. L'attroupement se disperse, elle s'imagine embarquée au poste. Elle doit rassembler ses dessins et son tableau, partir au plus vite !

C'est ainsi dorénavant : la peur au ventre, tenace, il faut savoir parler en dépit du silence et fuir pour résister.

Désormais, chaque matin est une renaissance. Un triomphe sur le jour précédent. Lorsqu'elle marche dans la rue, Ayla n'est plus la même. Elle ne rase plus les murs comme elle le faisait auparavant. Elle ne regarde plus les policiers avec la même appréhension. En chemin, elle remet à sa place un passant et ses remarques déplacées. Change de trottoir dès qu'elle aperçoit un portrait du président. Le sourire triomphant collé à sa moustache, il remercie son peuple d'une main tendue vers l'horizon. Sa guerre a payé. Au scrutin de juin 2018, organisé plus tôt que prévu, il a été réélu au premier tour. Une victoire trafiquée, selon Ayla, dans un pays qui étouffe la moindre voix dissidente. Elle a même osé aborder le sujet en classe, en proposant à ses étudiants de plancher sur la notion de « démocrature ». Le débat s'est vite enflammé, entre ceux prêts à utiliser le mot

« dictature » et les autres, plus prudents, qualifiant le contexte de « dérive autoritaire ». Qu'importe la formule, se dit Ayla, l'essentiel est de continuer à faire front en parlant.

Dans ce combat, Deniz est sa meilleure complice. Dès qu'Erdogan passe à la télévision, la fillette coupe le son. Elle supporte de moins en moins ce président omniprésent, ses discours à répétition, ses affiches toujours plus grandes. Elle grandit, elle aussi. Ayla le voit à sa façon de porter des baskets, de s'intéresser au monde et de poser des questions. Elle a troqué ses robes de princesse contre des leggings. Elle ne craint plus les ogres de la nuit. Dans ses rêves, plus de fées, de licornes et de sorciers, mais des héros et des divinités de la mythologie grecque. Zeus, maître de la sagesse et de la justice, Artemis et son regard bienveillant sur la nature, et puis l'oracle Orphée, son préféré, dont la légende raconte que, même décapité, il ne cessa jamais de chanter.

Parfois, Deniz accompagne sa mère lors de ses interventions autour du tableau blanc. Afin d'éviter la police, Ayla choisit de petits parcs, plus discrets. Un simple carré de verdure ou une aire de jeux abandonnée font l'affaire. Une fois son panneau planté dans l'herbe et les œuvres de Göktay accrochées, elle lance le débat sur un thème d'actualité. Quinze minutes de parole libre avant de se disperser. En général, la discussion prend rapidement. Comme cette fois où un homme déversa d'une traite tout ce qu'il avait sur le cœur : l'arrestation d'un ami pour quelques mots de trop sur Twitter, sa vieille mère forcée de voter pour le parti du président en échange d'un transport gratuit jusqu'aux urnes, le concierge qui fouille dans son courrier.

Malgré la dimension tragique de ces témoignages, Ayla sourit bien souvent. Dans chaque éclat de voix, chaque dispute, chaque bras tendu malgré les désaccords, elle voit un appel à respecter son prochain. Et désormais, elle sait faire vite, tout remballer et filer en courant dès que les policiers apparaissent ou lâchent du gaz lacrymogène. Elle a retrouvé son élan.

Par son avocate, Göktay a appris, pour le tableau blanc. « Sois prudente », a-t-il murmuré à l'oreille d'Ayla lors de sa dernière visite, les larmes aux yeux.

Ils se sont souri et Ayla a pu sentir comme il était fier d'elle.

Au fond de sa cellule, Göktay s'accroche à ses croquis. La pugnacité d'Ayla l'encourage à ne plus lâcher son crayon. Dehors, tout le monde s'extasie devant ses mots-dessins. Une galerie privée s'y intéresse pour une exposition. À Londres, un collectionneur d'art en a commandé trois. À Paris, la Sorbonne aimerait en faire le support visuel d'un séminaire sur la censure en Turquie. Ici et là, son cri rencontre un écho inespéré.

Début 2019, au bout d'un an de procédure judiciaire et après la fin de l'état d'urgence, le tribunal le convoque de nouveau à la barre. Göktay fait une entrée remarquée. Il a repris des kilos. Retrouvé ses joues d'antan et un peu de sa fougue, aussi. Ayla déborde de joie en le voyant pénétrer dans la petite salle de cour d'assises et saluer l'audience d'un V de la victoire. Elle s'est assise comme d'habitude au premier rang. Derrière elle, la cohue est impressionnante, on se presse sur les bancs et contre les murs, faute de place. Au fond de la pièce, une main s'agite pour lui faire signe. Ayla croit se méprendre d'abord, mais impossible de ne pas reconnaître Fatma. Le visage encadré d'un foulard bleu, cette dernière lui adresse des clins d'œil d'encouragement. Elle cherche Azad du regard, maintenant, mais dans la foule des silhouettes familières de professeurs, d'étudiants, d'avocats, elle ne le voit pas. Elle consulte son portable et découvre un appel en absence de sa part, suivi d'un bref texto. « J'ai quitté Istanbul. En pensée avec vous. »

La voix du procureur la ramène à la réalité. C'est un nouveau, qu'elle n'a pas vu aux audiences précédentes. Les yeux rivés à son écran d'ordinateur, il reprend la procédure à zéro. Même rictus que son prédécesseur, mêmes questions encore et toujours. Sur le port d'arme, l'adhésion à une dangereuse organisation, le renversement du pouvoir. Derrière son pupitre, Göktay s'efforce de ne pas craquer. Il sait gérer, maintenant. L'interrogatoire achevé, le juge dicte au greffier quelques phrases inaudibles. Puis il annonce une pause afin de préparer son rapport.

Lorsqu'il réapparaît, quelques minutes plus tard, un silence de plomb tient la salle. Son visage est fermé, aucune émotion tangible. Göktay est concentré. Il inspire profondément pour se donner du courage. Le juge, lui, prend son temps pour s'asseoir. Il rassemble ses notes, feint de les étudier. Puis redresse ses lunettes.

– Libéré ! tonne-t-il soudain. Votre demande de remise en liberté provisoire pendant la durée du procès a été acceptée.

Une vague d'applaudissements inonde la salle, chassant aussitôt tout ce qu'elle pouvait contenir de tension, d'angoisse, de colère. Göktay, toujours de dos, ne bouge pas. Il n'ose pas. Il n'y croit pas. C'est le timbre joyeux d'Ayla qui le fait revenir à lui. À peine le jugement prononcé, elle a bondi vers la rambarde, mains tendues. Göktay les attrape, les respire, s'en imprègne. Elle a l'odeur de la liberté, de l'amour, de l'espoir qui renaît. Il l'attire encore plus à lui pour l'embrasser. Un jeune gendarme s'approche d'eux, gêné de devoir de nouveau les séparer.

– Juste le temps pour votre mari de rassembler ses affaires en prison.

Ayla serre son époux une dernière fois dans ses bras, avant de le laisser repartir.

En rejoignant le parvis, elle ne sent plus ses jambes la porter. Dans la foule, des centaines d'hommes et de femmes entonnent d'une seule voix :

– Göktay libéré ! Göktay libéré !

Ayla répète leur chant comme un refrain. Il lui tarde d'annoncer la nouvelle à Deniz. De lui dire : « Ce soir, on dîne à trois ! » Elle doit vite passer la prendre à l'école pour filer avec elle à Silivri. En route, elle prévoit de s'arrêter pour acheter des roses. Des roses, des bières et des pistaches. Göktay les aime grillées et bien salées ! Elle a tellement hâte.

Au dernier feu rouge avant d'arriver dans le quartier Tophane, le téléphone d'Ayla annonce un SMS. C'est l'avocate. « Rebroussez chemin ! » Ayla ne comprend pas tout de suite. Elle poursuit sa lecture : « Votre mari doit rester en prison. La décision du juge a été reconsidérée. Le parquet a rejeté la demande de liberté conditionnelle. Un ordre venu d'en haut… »

Sur les conseils avisés de l'avocate, Ayla a écrit au tribunal pour contester ce revirement inattendu, vraisemblablement politique. À l'instar d'autres familles d'accusés, elle a saisi la Cour constitutionnelle, une des dernières instances qu'on dit indépendante. Du matin au soir, elle multiplie les courriers aux organisations internationales, aux défenseurs des droits de l'homme, à l'ONU, dans l'espoir d'un soutien. Elle s'accroche au moindre signe. Pense et repense à Fatma. À sa présence lors de l'audience. Elle veut y voir un effritement en marche, la possibilité d'un changement.

Une nuit, c'est plus fort qu'elle, elle rêve d'une perquisition. Les policiers sur son palier. Leurs armes contre sa porte. La poignée cède. Leurs pas se rapprochent. Ils hurlent son nom. Cette fois-ci, c'est elle, l'accusée. Elle, la terroriste. Elle qu'on est venu chercher. Elle se débat en tous sens, tire sur ses draps défaits. Au réveil, elle est en sueur. Lui revient la question de la journaliste française qui, un jour, l'avait comparée à une « victime ». Elle n'avait pas aimé sa remarque. Peut-être que, dans le fond, la reporter avait raison.

Mais le printemps est pourtant là, qui pointe son nez par la fenêtre dès le lendemain matin. Depuis la place Taksim, des airs pop parviennent jusqu'au balcon. Ayla se lève, scrute l'horizon. Au loin, au-dessus des toits, des ballons gonflés à l'hélium flottent. Istanbul est en fête. Sa ville imprévisible, où la joie côtoie sans cesse le chagrin. En ce mois de mars 2019, un scrutin se prépare, municipal cette fois-ci, et l'opposition a mis le paquet.

– Tu viens ? lance Ayla à sa fille.

Envie de sortir, faire un tour sur Taksim. Deniz saute de joie : les kermesses font généralement pleuvoir les friandises.

La grande place est exceptionnellement décorée de guirlandes, de drapeaux et d'ampoules multicolores. Partout aussi des portraits de la nouvelle star de l'opposition, un certain Ekrem Imamoglu, quarante-neuf ans, petites lunettes sur un visage avenant. C'est un coup de neuf sur les murs d'Istanbul, connue pour être la chasse gardée de l'AKP depuis plus de vingt ans.

– Tu as vu, maman, enfin un gentil qui sourit ! jubile Deniz.

Sur un prospectus aux couleurs rouges du parti républicain, le CHP, principale mouvance de l'opposition, elle lit avec sérieux le slogan de ce candidat phare à la mairie d'Istanbul : « Tout ira bien ! » Son programme est plein de promesses : plus d'espaces verts, plus de concerts en plein air, plus de parcs de loisirs pour les jeunes.

– Et en plus, il aime les chats !

Les croquettes distribuées par l'équipe de campagne, bien plus attrayantes que les stands éphémères de pommes de terre gratuites tenus par les partisans de Binali Yildirim, le candidat pro-Erdogan, n'ont pas échappé à Deniz.

– Non, non aux patates pourries ! Oui, oui aux croquettes pour chats !

Ayla se retient de rire. Le vote est une affaire sérieuse mais, pour l'instant, il n'y a guère que l'humour de sa fille qui la sauve.

Trois mois plus tard, Deniz savoure enfin sa petite victoire en faisant valser Kamar dans les airs. Le chat voit des étoiles. Et Ayla encore plus que lui. En dépit des pronostics ingénus de sa fille, Ekrem Imamoglu a bien failli ne pas passer. Irrégularités lors du premier tour, annulation du scrutin de mars, puis organisation d'une nouvelle élection en juin, le président tout-puissant a usé de tous les prétextes pour garder Istanbul sous sa coupe. Mais c'était sans compter sur la détermination de l'opposition. Sur l'agacement croissant, aussi, de certains de ses partisans. En Turquie, le passage aux urnes est une affaire sérieuse. Malgré tous ses stratagèmes pour torpiller le processus, le néo-sultan a dû céder à la réalité du vote et reconnaître la double victoire d'Imamoglu. Le candidat qui sourit a non seulement remporté le second scrutin, mais avec encore plus de voix que la première fois.

« Tout ira bien ! », « Tout ira bien ! » Comme une poussée de fièvre et d'optimisme, rythmé par un concert de klaxons, le slogan joyeux envahit les rues, rebondit sur le balcon, tapisse le parquet. Pas la peine de se pencher à la rambarde. Les feux d'artifice illuminent le salon, tandis que Deniz continue à faire sautiller son chat entre les rais de lumière. Ayla renonce à lui faire lâcher l'animal. Ce soir, pas question d'exercer une quelconque autorité. Elle veut savourer la revanche de la démocratie, la vraie, et partager sa joie avec sa fille, ses proches. Elle prend son téléphone pour appeler Nevra en Grèce. Au bout du fil, son amie exulte. Avec son ex-mari, ils ont parié d'ouvrir autant de bouteilles que de villes remportées par l'opposition. Ankara, Izmir, Adana, Antalya...

– À ce rythme, plaisante-t-elle, je ne promets rien quant à mon état demain !

Ayla n'a pas ri autant depuis si longtemps. C'est Deniz qui l'interrompt, en lui indiquant qu'on sonne à la porte. Elle se précipite sur le palier et découvre Fatma, un gâteau dans les mains.

– Je voulais…

Fatma halète. Elle a marché de chez elle à Gümüssuyu. Les rues sont noires de monde, impossible de compter sur le moindre taxi. Elle se ressaisit :

– Je voulais vous l'annoncer en premier !

Ayla ne comprend pas.

– Entrez, Fatma, entrez. Dites-moi, vous vouliez quoi ?

Elle croit savoir mais elle redoute une fausse joie.

– J'ai voté pour Imamoglu. J'ai osé, Ayla, j'ai osé ! J'ai gagné contre la peur de désobéir au parti. J'ai réussi à assumer mon choix !

Arrivée au terme de sa phrase, Fatma s'effondre dans les bras d'Ayla qui la serre contre la poitrine. Les deux femmes migrent lentement vers le salon. Une fois assise dans le canapé, Fatma déroule son exploit par le menu. Elle évoque ses croyances chamboulées lors du procès. Elle parle de son clan, qu'elle pensait être celui des justiciers. Son clan qui, il y a plus de vingt ans, connut aussi l'humiliation des tribunaux. Enfin, elle raconte le choc du premier tour des élections municipales invalidé, avant ce second scrutin qui l'a définitivement transformée.

– Maintenant, il est temps de me rattraper ! poursuit-elle, en déposant enfin le gâteau sur la table basse.

Ayla sort la pâtisserie de son emballage, puis se précipite à la cuisine et revient avec du thé.

– D'abord, sourit-elle, on va fêter ensemble cette victoire.

26 juillet 2019. Quatre semaines que l'opposition est passée. C'est enfin le jour du verdict, et les voilà de nouveau entassés dans cette minuscule salle de cour d'assises à l'air vicié. Ayla et l'avocate ont été prévenues à la dernière minute. Le procureur, encore un nouveau, arrive en faisant claquer ses talons. Son visage, tel celui de ses prédécesseurs, ne laisse rien transparaître, sous ses lunettes. Juste quelques marques de fatigue.

– Nous n'avons pas beaucoup de temps, lance-t-il, comme un avertissement au public.

Pour une fois, tout le monde se tient à carreau. Quelque chose semble cassé. Il y a dans les regards un espoir mêlé d'inquiétude et, surtout, de méfiance. Impossible de savoir à quoi s'attendre. Göktay entre à son tour, escorté par deux gendarmes. Puis il retrouve son pupitre, dos au public. Ayla le suit des yeux, ses mains bien à plat sur ses genoux pour cacher qu'elle tremble.

– Le tribunal a étudié votre dossier dans les moindres détails, reprend le juge.

Göktay l'écoute en silence. Le magistrat enchaîne, avec une moue étrange :

– Après tout ce temps perdu, regrettez-vous enfin d'avoir signé la pétition ?

Son avocate intervient immédiatement :

– On ne va pas repartir à zéro !

L'interpellation semble se perdre dans le vide, le juge ne la relève même pas. Il s'exprime lentement.

– Le PKK est-il une organisation terroriste ?

Göktay fait signe à l'avocate, il veut répondre lui-même.

– Là n'est pas le sujet !

Il aurait voulu que son ton soit plus calme mais sa voix est sortie presque violemment, de rage et d'épuisement mêlés. Avant que le juge n'ait le temps de réagir, un bruit de porte interrompt l'échange. Un jeune assistant entre par-derrière, essoufflé, et tend au magistrat une grande enveloppe jaune.

Le juge l'ouvre aussitôt. À la lecture du document, il lâche quelques mots, à peine murmurés, puis relève la tête vers Göktay et lui sourit d'un air presque sympathique.

– L'autre fois, vous aviez dit que votre fille vous manquait?

Que répondre? La séance prend un tour qui lui échappe, mais rien n'a plus de sens depuis si longtemps.

– Eh bien, poursuit le magistrat, ce soir, c'est vous qui la borderez dans son lit!

Göktay n'est pas sûr de comprendre. Or il veut être sûr, il ne peut pas se réjouir s'il n'est pas sûr. Aussi abasourdi que lui, le public n'a pas esquissé la moindre réaction. Dans un silence total, le juge reprend:

– Après consultation, les juges de la Cour constitutionnelle viennent de qualifier de «violation de la liberté d'expression» les poursuites intentées contre les signataires de la pétition pour la paix. Le vote a été serré. Sur les seize magistrats de la Cour, huit ont voté pour, huit ont voté non. Mais comme la voix du président de la Cour compte double, c'est le «oui» qui l'a emporté. Vous êtes libre. Pour de bon.

Göktay, debout, se retourne vers la salle. Il pourrait pleurer, mais c'est un sourire qui l'envahit.

À deux mètres à peine de lui, derrière la rambarde de protection, Ayla tremble de joie. Dans sa gorge, les mots restent coincés. Ce n'est pas grave. Ils ont le temps et elle sait désormais qu'un silence peut en dire long.

Ce matin, Göktay a dressé le petit déjeuner pour trois : omelette, crêpes, fromage, tapenade, confiture, *borek* tout frais. Depuis son retour à la maison, il y a quinze jours, il ne tient pas en place, déversant dans une multitude de tâches ménagères toute l'énergie retenue en prison. Le médecin lui a dit que son hyperactivité était normale ; une façon de rattraper le temps perdu. Deniz tourne autour de la table, prête à partir à l'école.

– Je t'accompagne ! lance son père.

Ayla les embrasse tous les deux, gardant longtemps ses bras autour de son mari.

– Ça suffit, les koalas ! taquine la fillette.

Göktay a la sensation de redécouvrir sa fille. Pendant sa longue absence, elle a changé. Désormais, c'est elle qui le guide dans la ville, à laquelle il doit se réaccoutumer. Une fois au pied de leur immeuble, il la suit sur la pente raide jusqu'au tramway. Il tend l'oreille lorsqu'elle salue l'épicier, pour se remémorer son nom. Derrière elle, il emprunte le raccourci qui permet d'atteindre plus rapidement le quai. En marchant à ses côtés, Göktay perçoit combien son corps est encore lourd, rouillé. Il compte ses pas. Se concentre sur ses jambes. Sur les pavés qui lui massent presque la plante des pieds. La moindre sensation est une résurrection. Il la savoure comme une première fois. La caresse d'un chat sur ses mollets. Le cri d'une mouette. L'odeur de *simit* chaud en passant devant le boulanger. Ce doux parfum du matin. Il s'en souvient, à présent. Il se le réapproprie. Deniz sourit. Elle gagne un petit pain rond en échange, bien croquant sous ses dents.

Sur l'avenue longeant le Bosphore, le vacarme de la circulation étreint Göktay. Il s'arrête, sa main agrippée à celle de sa fille. Puis regarde à droite, à gauche. La ville s'étire à l'infini le long de cette frange de bitume saturée de voitures et de piétons. Son regard n'a pas connu une telle cohue, un tel champ de vision depuis des années. Deniz lui donne un coup de coude. Le tramway va partir. Ils montent de concert dans le premier wagon. Derrière la vitre, le détroit défile à perte de vue. Horizon perdu, retrouvé, si précieux et singulier. Göktay savoure le paysage mais prend aussi conscience des nouveautés – la mosquée Çamlica, de l'autre côté du détroit, les grues du futur port Galata, le musée Istanbul Modern, en pleine rénovation, les tours en construction, les affiches « Tout ira bien ! ». La ville s'est métamorphosée en trois ans et demi.

À chaque jour sa surprise. Ce matin, c'est la rencontre d'une femme voilée sur la montée de la rue Bogazkesen. Sourire chaleureux. Foulard bleu nuit. Elle ralentit, salue Deniz d'un regard familier.

– C'est Fatma, une copine de maman, lui explique la petite.

La cloche de l'école sonne, ils doivent se hâter. Un autre jour, peut-être, il prendra le temps de parler avec cette amie de la famille qu'il ne connaît pas encore.

Seul, une fois Deniz en classe, Göktay choisit la première rue qui s'ouvre à lui. Il veut poursuivre sa promenade. Se perdre au milieu de tous ces visages, ces corps, ces êtres humains, cette humanité dont il fait de nouveau partie. Il marche et il étudie chacun de leurs gestes, leur dégaine. Et eux, qu'ont-ils fait pendant ces dernières années ? À quoi ont-ils occupé leurs journées ? Pour qui ont-ils voté ? Ont-ils jamais changé de bord ? De parfum ? En chemin, il renifle les odeurs d'eau de Cologne. Il hume la naphtaline sur les vestons, les fragrances du shampoing sur les cheveux mouillés. Un jour, un collègue lui avait dit qu'on pouvait deviner l'orientation politique d'un électeur à son après-rasage. Lui, c'est aux tenues vestimentaires qu'il s'est toujours fié. La façon de mettre, ou pas, un foulard, une casquette, un chapeau, une cravate. Mais peut-être les codes ont-ils changé.

Plus il erre de ruelles en avenues, plus son esprit se réveille. Il renaît, transformé. Une certaine forme de distance, entre lui et les autres, lui et les fantômes du passé, lui et le brouhaha politique environnant s'est installée. Il veut se concentrer sur sa famille, à présent. Sur ses étudiants, aussi. Au bout d'une heure de marche, il réalise qu'il est arrivé à Bogaziçi. L'élégant campus en haut de la colline dominant le Bosphore lui fait toujours le même effet d'un phare dans la tempête. Devant la grille, il se surprend à fouiller instinctivement au fond de son sac. Dans la petite poche intérieure, le badge est là. Il le sort en espérant passer le portillon mais le tourniquet résiste. Derrière la vitre de sa guérite, le chargé de sécurité lui signale, l'air désolé, que sa carte est désactivée. Il aurait dû s'en douter. Après la décision de la Cour constitutionnelle, tous les professeurs signataires ont été acquittés, mais l'interdiction d'enseigner est toujours en vigueur. Göktay ne veut pas s'attirer d'ennuis, alors il fait demi-tour. Des fourgonnettes de police, à quelques mètres de là, prouvent une surveillance renforcée des campus. Il se souvient de ce qu'Ayla lui a dit : aux dernières nouvelles, le pouvoir tenterait d'imposer un recteur de son clan à Bogaziçi, comme il l'a fait pour d'autres universités.

Tout à coup, une voix familière l'appelle. Ozan, son cher étudiant, se tient debout de l'autre côté de la grille. Il a conservé son regard espiègle et ce timbre plein d'entrain. Le jeune homme lui tend la main à travers les barreaux. Göktay la saisit et la serre. C'est le moment de le remercier, pour les livres de Rousseau. Pour ses mots. Lui dire qu'ils l'ont gardé en vie. Ozan rougit. Il lui souffle son espoir de voir son professeur de retour à l'université. Göktay ne le contredit pas. Ses étudiants lui manquent et il porte en lui, plus vivant que jamais, le désir de transmettre.

Le tintement des verres se perd dans les éclats de rire. Au milieu du salon, entouré de ses invités, Göktay s'amuse à satisfaire leur curiosité avec ses anecdotes de détention. Ayla le regarde parler à toute vitesse, à la fois perdu et heureux. Elle lui a fait la surprise d'une petite fête alors qu'il rentrait de sa longue marche. Tous ses amis ont joué le jeu. Tous cachés dans la cuisine avant qu'il ne tourne la clef dans la serrure. Nevra est arrivée la première, avec des bouteilles de champagne achetées au *duty-free*. Quand la décision de la Cour constitutionnelle est tombée, elle a pris le premier vol Athènes-Istanbul. À sa descente d'avion, la police des frontières lui a confisqué son passeport. Elle sait que la liberté n'est jamais acquise.

– À Göktay ! lance-t-elle, une coupe à la main.

– À Ayla ! renchérit-il, en se tournant vers son épouse.

Un miaulement insistant s'invite dans la cacophonie. Les yeux des convives se braquent sur le sol et tombent sur Deniz.

– À Deniz et à Kamar ! fanfaronne la petite, à quatre pattes pour imiter son chat.

Maintenant qu'elle est au centre de l'attention, elle se frotte aux jambes de Göktay pour ensuite lui sauter dans les bras.

– Ne pars plus. Plus jamais ! Promis ?

Ayla sent l'émotion monter. Tandis que les bols de chips et de cacahuètes circulent de main en main, elle s'éclipse un instant sur le balcon. Appuyée à la balustrade, elle allume une cigarette. Ce matin, elle a pris la décision de démissionner de Galatasaray. Après l'épreuve de ces derniers mois, sa conscience l'empêche de se soumettre aux restrictions en vigueur dans les universités.

Personne n'est au courant, pas même Göktay. Elle le lui dira plus tard. Elle sait qu'il ne la jugera pas. Tout comme elle ne juge pas Azad. Au bout de longues semaines de silence, il lui a enfin écrit pour lui annoncer qu'il avait déménagé à Izmir, son exil personnel sur la côte égéenne. Elle ouvre son smartphone pour relire son texto, reçu il y a quelques jours : « J'ai besoin de m'isoler et me ressourcer. Au début, je pensais prendre un bateau et partir vers la Grèce. Finalement, je me suis installé dans une bicoque au bord de l'eau. C'est plus fort que moi. Ma vie est ici, en Turquie, dans ce pays qui me dévore et me nourrit à la fois. »

Ayla se penche un peu plus au balcon. Sous ses yeux, un navire passe et trace sa route sur le Bosphore, comme une nouvelle page qui s'écrit. De part et d'autre du détroit, les deux rives opposées se toisent, dans un même éclat de lumière à l'heure du soleil couchant. Il est peut-être là, le secret de son pays. Dans ce possible dialogue, par-delà les clivages et les conflits. Comme celui que Fatma lui a appris. Et que demain d'autres Fatma, peut-être, lui apprendront. Les révoltes, pas plus que les idéologies, ne sont toutes collectives. C'est à l'intérieur, parfois, qu'il faut puiser sa force. Pour mieux se relever. Mieux se connaître, aussi. Qui sait à quoi ressemblera la Turquie demain, après-demain, dans dix ans ? Ayla reste lucide. Il y aura d'autres arrestations, d'autres injustices, d'autres batailles à livrer.

Mais au fond de son placard, il y aura toujours un tableau blanc. Prêt à reprendre le chemin des parcs, même dans l'obscurité.

L'EXEMPLAIRE QUE VOUS TENEZ ENTRE LES MAINS
A ÉTÉ RENDU POSSIBLE GRÂCE AU TRAVAIL DE TOUTE UNE ÉQUIPE.

ÉDITION : Sylvie Gracia
COUVERTURE ET CONCEPTION GRAPHIQUE : Quintin Leeds
RÉVISION : Emmanuel Dazin, Isabelle Paccalet
et Nathalie Reignier-Decruck
MISE EN PAGE : Soft Office
PHOTOGRAVURE : Point 11
FABRICATION : Maude Sapin
DIRECTION COMMERCIALE : Adèle Leproux
RELATIONS LIBRAIRES : Alexandra Profizi
COORDINATION ÉDITORIALE : Thomas Garet
PRESSE : Marie-Laure Walckenaer, avec Lise Chaton
COMMUNICATION DIGITALE : Alice Huguet

RUE JACOB DIFFUSION : Élise Lacaze (direction), Katia Berry
(grand Sud-Est), François-Marie Bironneau (Nord et Est),
Charlotte Jeunesse (Paris et région parisienne),
Christelle Guilleminot (grand Sud-Ouest), Laure Sagot
(grand Ouest), Diane Maretheu (coordination), Charlotte Knibiehly
(ventes directes) et Camille Saunier (librairies spécialisées)

DISTRIBUTION : Interforum

DROITS FRANCE ET JURIDIQUE : Bertille Comar
et Geoffroy Fauchier-Magnan
DROITS ÉTRANGERS : Sophie Langlais
ACCUEIL ET LIBRAIRIE : Laurence Zarra et Lucie Martino
ENVOIS AUX JOURNALISTES ET LIBRAIRES : Vidal Ruiz Martinez
COMPTABILITÉ ET DROITS D'AUTEUR : Christelle Lemonnier,
Camille Breynaert et Christine Blaise
SERVICES GÉNÉRAUX : Isadora Monteiro Dos Reis

L'ensemble de cet ouvrage a été réalisé
dans le respect des règles environnementales en vigueur.
Il a été imprimé par un imprimeur certifié Imprim'vert,
sur de l'Ensoclassic PEFC pour l'intérieur
et une carte couchée 1 face PEFC pour la couverture.

IMPRIM'VERT®

PEFC 10-31-1510

La couverture et la bande ont été imprimées par Déjà Link
à Stains (Seine-Saint-Denis).

Achevé d'imprimer sur les presses de l'imprimerie Corlet
à Condé-en-Normandie (Calvados) en mars 2023.

ISBN : 978-2-37880-351-3
N° d'impression : 23020525
Dépôt légal : Avril 2023

En France, un livre a le même prix partout.
C'est le « prix unique du livre » instauré par la loi de 1981
pour protéger le livre et la lecture.
L'éditeur fixe librement ce prix et l'imprime sur le livre.
Tous les commerçants sont obligés de le respecter.
Que vous achetiez votre livre en librairie, dans une grande surface
ou en ligne, vous le payez donc au même prix.
Avec une carte de fidélité, vous pouvez bénéficierd'une réduction
allant jusqu'à 5 % applicable uniquement en magasin
(les commandes en ligne expédiées à domicile en sont exclues).
Si vous payez moins cher, c'est que le livre est d'occasion.